魂の編集長が選んだ
「教科書に載せたい」
新聞の社説

いま伝えたい！
子どもの心を揺るがす

"すごい"人たち

みやざき中央新聞
魂の編集長
水谷もりひと

はじめに

この本を手に取っていただき、ありがとうございます。

「新聞の社説」シリーズは過去3冊出しています。いずれも「日本一心を揺るがす」という飾りが付いていましたが、今回はちょっと趣向を変えてお届けします。

100年後の日本のことを考えると、第一に重要なのはやはり教育です。それで、今回は学校の先生とか子育てをしている人、孫育てをしている人、幼稚園や保育園の先生など、子どもたちと直に接している大人、そして何より中学生や高校生、あるいは20代の若者に読んでもらいたい社説を選びました。

「社説」といえば新聞ですが、どういう新聞かといいますと、宮崎市に本社がある「みやざき中央新聞」というミニコミ紙です。50年以上も前に産声をあげた地方紙ですが、この新聞は大手日刊紙と一線を画すために、昔はスキャンダルとか行政叩きを専門にしていました。

僕がこの新聞社に入社したのは平成4年です。ハローワークで「記者募集」の求人票を手に取って面接に行ったのです。東京の大学生だったときに、学生のためのフリーペーパーを発行していた経験があったので、すぐ採用されました。

入社してから僕は、「この新聞、どんな人に読まれているんだろうか？　あまり面白くない新聞だなぁ」とずっと思っていたのですが、家族もいたので、お給金のために働いていました。

1年経った頃、社長から赤字続きのために廃刊するとのお達しがありました。その夜、社長からバーに連れ出され、「実は潰すのはもったいない。メディアというのはどんなに小さくても社会的影響力がある。あんた、引き継いでやらないか？」と言われたのです。

僕は迷わず「やりまーす」と応えました。というのは、実は、1年間、記者として活動しながら、心の中で「自分にこの新聞を任せられたらもっと面白い新聞にできるのになぁ」と思っていたのです。

そんなわけで、一旦「宮崎中央新聞」は解散し、全員解雇ということになり、改めて僕が「みやざき中央新聞」を1人で引き継ぐという形になりました。

とはいっても、赤字の新聞です。当時の発行部数は約500部でした。とても給料が出るような状況ではなかったのですが、そんなことよりも自分が面白いと思えることを取材できて、読者が「面白い」と言ってもらえるような紙面が作れる嬉しさにワクワクしていました。

そのとき、彗星のごとく現れた救世主がうちの奥さんでした。彼女が「私が営業する。部数を増やすから、あなたはいい新聞を作って」と言ってくれたのです。

その後の「みやざき中央新聞」の躍進ぶりは、松田くるみ著『なぜ宮崎の小さな新聞が世界中で読まれているのか』（ごま書房新社）をお読みください。

あれから20余年、宮崎の小さなミニコミ紙だった「みやざき中央新聞」は、47都道府県すべてに読者を有し、海外9か国にも広がっています。

出版社が「面白い」と言ってくれて、新聞の顔である〝社説〟を集め、『日本一心を揺るがす新聞の社説』（ごま書房新社）というタイトルで書籍化までしました。第1集が7万部のベストセラーとなり、第2集、DVD付総集編とシリーズ化もしています。

その飛躍の秘訣を一つだけお伝えしましょう。それは前向きで、明るい情報だけを掲載し続けてきたことです。事件や事故などの暗いニュースを排除し、政治・経済など心に不安を煽るような情報も避けました。ただひたすら一途に、面白い講演会を取材して、その内容を掲載してきました。「こんなの新聞じゃない」とバカにされようが、大手メディアから見下されようが、僕ら自身が楽しくて、面白くて、感動する情報を取材し、それを伝えることを徹底してやってきたのです。

10年経った頃から少しずつ読者の方がお友達を紹介してくれるようになり、その口コミの連鎖で全国に広がっていきました。

そんな「みやざき中央新聞」の社説を、今回は40編、お届けします。

ご一読いただき、ぜひあなたのまわりの誰かに語り継いでいただければ幸いです。

みやざき中央新聞　魂の編集長　水谷もりひと

◆目次

第2章　親や教育者が子に伝えてほしい〝すごい考え方〟
～「情報は心の架け橋」by魂の編集長～

第3章　〝すごく いい話〟は世代を超えて〝じん〟とくる
～魂の編集長の心が震えた!～

終　章　～ライスワークからライフワークの時代へ～

序章

～誰もが「夢しかなかった」少年少女時代～

子どもの自分が支えている人生

遠い昔、まだ少年だった頃に夢を見た。
いや、「見てしまった」と言ったほうがいいかもしれない。
それは、命を賭けてもいいと思えるほど、美しい夢だった。
あれから随分時が流れた。大人になった。
欲しいものはすべて手に入ったのに、
あの少年の頃に見た夢にまだ辿り着けていない。
バカな人生だなぁ。
愛する人にも出逢った。でも、出逢ったときからわかっていた。

どんなにその愛に酔いしれても、
やっぱり少年の頃に見た夢を忘れることはできないことを。
少年の自分が今の自分に叫んでいる、「夢を追いかけろ！」と。

62歳になった矢沢永吉が、こんな曲を作った。

『ラストソング』、なんとも意味深長な曲である。

ロックを歌い続けて40年。これが最後の曲になるとは思えないが、いつものロックンロールとは違い、切なく心にしみてくるバラードだ。

好きになった女よりも、少年の頃に見た夢を追いかけようとしているところが、何とも矢沢永吉らしい。


この曲を聴いていたら、みのや雅彦というシンガーソングライターのことが思い浮かんだ。みのや雅彦は、地元・北海道では、ちょっとした有名人だ。少し前までレギュラーのラジオ番組も持っていた。

彼もまた、少年の頃に夢を見た。命を賭けてもいいと思えるほど大きくて、美しい夢を。

その夢が実現しかかったのは30年前、20歳のときだった。

中学3年の頃、同じ北海道出身の松山千春がデビューし、スターへの階段を確実に上っていた。

みのや雅彦の心の支えは松山千春だった。ギターばかり弾いていて、高校1年から2年に進級できず、まさかの留年。年下の同級生に馬鹿にされ、軽蔑され、つらい高校生活を送った。

彼を救ったのは松山千春の歌だった。

～生きることがつらいとか、苦しいとか言う前に、
野に育つ花ならば力の限り生きてやれ～

『大空と大地の中で』という歌の、このフレーズに勇気をもらった。

しかし皮肉なことに、ずっと憧れてきた松山千春が、みのや雅彦の人生に大きく立ち塞がった。彼の声質や歌い方が、松山千春に似ていたのだ。

高校2年のときに挑戦した全国フォークコンテストの地方予選で、いいところまでいっ

たのにもかかわらず、テレビ局のディレクターに釘を刺された。

「歌はうまいけど、千春は二人も要らない」

それでも努力を重ねて、20歳のとき、何とかＣＢＳソニーからメジャーデビューを果たした。

そのときもドラマのテーマソングを歌うなど、いいところまでいったのに、やっぱり松山千春の存在がちらついた。

音楽ライターにこう書かれた。

「クオリティは高い。ただ松山千春が先にデビューしているばかりに、彼は評価されないだろう」

そんな彼を救ったのもまた松山千春だった。

「お前、俺に似てるって言われているけど、俺はお前のこと、認めているよ」と声を掛けられた。

５年、東京で頑張ったが、結局、ＣＢＳソニーとの契約は切れ、北海道に戻った。

みのや雅彦、どん底まで落ちた。

もちろん、そういう人は山ほどいる。そして、田舎に帰り、新しい職を探すのだ。

だが、みのや雅彦はポケットにもうあと90円しかないところまで落ちても、歌うことをやめなかった。

その頃、『夢しかなかった』という曲ができた。

「売れる売れないは別として、いい曲ができた」と彼は言う。「結局歌うことでしか自分の明日を描けないんだよね」と。


そして30年が経ち、『百の言葉 千の想い』という名曲が生まれた。

きっと少年の「みのや雅彦」が、ずっと挫折続きの「みのや雅彦」に囁き続けてきたのだろう。

「夢しかないんだから夢を追いかけろ！」と。


あなたの中に、少年少女の「あなた」は生きていますか？

少年少女の「あなた」の声が時々聞こえてますか？

第1章

"すごい大人"たちを知ってほしい
～魂の編集長が行く！～

1　必要な勇気は最初の一歩だけ

２０１３年は伊勢神宮と出雲大社のダブル遷宮《せんぐう》の年だった。

それで、「朝日の伊勢」「夕日の出雲」といわれていることもあり、「早朝に伊勢神宮に参拝して朝日を拝み、その日の夕方に出雲大社に参拝し、夕日を拝もう」というイベントがあった。かつて誰も経験したことのない強行な観光旅行だ。

企画したクロフネカンパニーの中村文昭さんは、移動中の約８時間、バスの中が退屈しないように講演会を考えた。

全国から２６０人が集まった。８人の講師がそれぞれバス６台に分かれて乗り込んだ。

約90分間講演し、休憩の度に入れ替わった。面白くてバスの中で寝れなかった。

メンタルコーチの筒井正浩さんはこんな話をされた。

筒井さんと言えば、かつて大阪の履正社高校野球部のメンタルコーチをして甲子園に導いたことがマスコミに取り上げられ、以来、ジャンルを問わず、いろんな人のメンタルコーチとして活躍している。

以前は年収1200万円以上稼ぐ高給取りのサラリーマンだった。彼には夢があった。しかし、それで食べていけるか分からない。だから会社は辞められなかった。

8年間、悶々としていたが、44歳のとき、会社を辞める決意をした。大きな壁は「嫁さんにどう言うか」だった。

ある日、意を決して言った。「夢ができたんや。仕事を辞めたい。ただ、すぐには十分な収入がないと思う」

奥さんは一言こう言った。「それなら私も明日から仕事せなあかんね」

筒井さん、奥さんの懐の広さに感動した。

案の定、メンタルコーチの仕事はなかなか収入には結びつかなかった。ひと月の収入が4万円。これが16か月続いた。「もうあかん」と思った。

そんなとき、人との出会いが彼の人生を大きく変えた。

最初のきっかけは元神戸製鋼ラクビー部のスーパースター、平尾誠二さんだった。

平尾さんはラクビー日本代表の監督を引退後、スポーツ文化振興のために月一回の6か月間コース、毎回いろんなゲストを呼ぶというセミナーを主催していた。

一回目のゲストは元サッカー日本代表の岡田武史監督だった。

講演後、会場を出た筒井さんは、控室に入る平尾さんの姿を目にした。

「あっ、平尾さんや。話ができたらええなぁ」と思った。その瞬間、「でもあんな有名な人と話をするなんて無理」という思いが頭をよぎった。

しかし次の瞬間、こんな思いもよぎった。

「このまま家に帰っても、控室のドアをノックして断られて家に帰っても、結果は同じや。

それなら0より1の可能性に賭けてみよう」


控室の前まで行った。心臓がバクバクした。ノックができない。どうしようと思っているうちに右手首が二回動いた。「コンコン」とドアをノックする音がした。

「やってもーた。もう逃げられない」


中から「ハイ」という声がした。

ドアを開けた。目と目が合った。平尾さんは「どなたですか?」という顔をした。

「今日、講演を聴いて感動しました。お礼だけ言いたくて…。お疲れのところすみませんでした」と言ってドアを閉めようとしたら、「どうぞ入ってください」と言われ、びっくりした。向かい合わせで座った。どうしよう。とりあえず名刺交換だ。


平尾さんは筒井さんの「メンタルコーチ」という肩書を見て、「これ、なんですか?」と聞いてきた。

「スポーツ選手のメンタルをサポートするんです」と筒井さんが答えると、平尾さんは急に興奮して言った。

「絶対この道でメシ食ってください。本気で応援します。諦めないでください」

平尾さんは部屋を出て行き、すぐその日のゲスト、岡田監督をつれて来て、筒井さんに紹介した。それから平尾さんはいろんな人を筒井さんに紹介してくれた。

ここから人生が劇的に変わっていった。

「ドアをノックしたら迷惑するんじゃないかと、みんな勝手に思い込んでいるけど、ノックしてごらんよ。扉を開けてくれるから。まず動こう。動き出したら見える風景が変わってくるで」と筒井さん。

そして若い人たちにこんな一言も。

「僕のやったことは手首を2回動かしただけ。その時、必要なのは勇気や。その勇気も最初の一歩だけでええんや」

2　忘れず、語り継ぎ、足を運ぼう

2013年9月、立て続けに東北の人に出会った。

宮崎市で開催される僕の講演会に、横浜に住むアキコさん（58）から「参加します」という連絡があった。

当日、宮崎空港に迎えに行き、会場に着くまでいろいろ話をした。彼女は福島県浪江町の出身で、震災後に横浜にいる娘さんのところに移り住んだという。

福島第一原発事故の影響で、現在浪江町には誰も住んでいないこと、町長をはじめ役場の職員は隣の二本松市に役所を開設して業務を行っていること、ご自身は5年前に離婚していたが、商売をしていた建物の一つが自分の名義のままだったため、震災に伴う建物の補償金が自分のところに転がり込んできたこと。

横浜に移り住んだ3日後には福祉関係の職を見つけ、ヘルパーの資格を取るために学校に通ったことなど、いろんな話をしてくれた。

「私、会いたい人にはすぐ会いに行くんです」と語るアキコさん。

「運を切り拓く人だなぁ」と思った。

5人の子どもに恵まれた。しかし、結婚した直後から夫の暴力があった。離婚したかったが、子どもが生まれる度に「これから20年は離婚できないな」と思った。

宴会場をやっていた。隣町からもお客さんを呼び寄せるためにアキコさんは大型バスの免許を取って、送迎した。

一番末の子が都市部の高校に進学し、寮生活を始めた。家に残ったのは夫と自分の2人。

やっと決意ができた。
家を出る数日前、常連さんから予約の電話が入った。
「これが最後になります。離婚して店を出ます。今までありがとうございました」とお礼を言うと、電話口のお客さんが「淋しくなります」と涙を流した。

アキコさんとの出会いから4日後、岩手県から上村さん(45)がみやざき中央新聞にやって来た。東京まで出張したついでに、ちょっと足を伸ばして宮崎まで行こうと思ったそうだ。その発想がすごいと思った。

上村さんは本紙編集部に到着すると、すぐ震災の映像を見せてくれた。
会社の隣のビルから撮影した映像だった。津波の影響で川が氾濫し、瞬く間に上村さんの会社は水没していった。その周辺ではたくさんの車が流されていた。

小学校のPTA会長をしていた。1か月も前から息子さんの卒業式で述べる会長祝辞の原稿を書いていた。練習で読む度に涙が滲んだ。

そこへ襲った大震災。彼は医療用の酸素を製造して病院に届ける仕事をしていた。患者の命に直結する酸素だ。震災直後から不眠不休の日々となり、結局、卒業式に出席できず、祝辞は副会長が代読した。副会長は涙ポロポロ流しながら読んだそうだ。

3人目は、宮崎市で開催された浄土宗の青年僧侶の研修会に講師として来られた宮城県気仙沼市の尼僧、高橋一世さん（たぶん40代前半）。お寺は小高いところにあった。地震の被害は少なく、しばらくの間、お寺の本堂は避難所になった。

高橋さんは「ぜひ東北に来てください。まだまだ終わっていません。お年寄りの方々の話を聞いてください。聞いてあげるだけでいいんです」と話していた。

そして、大阪城ホールで開催されたロックバンド「おかん」のライブに行った。ヴォーカルのＤＡＩ（ダイ）が歌う東北への応援歌「ＳＡＭＵＲＡＩ」という歌に魂が震えた。こんな歌詞だった。

立ち上がれ、這い上がれ、目を醒ませよ　緊急事態日本
掴んだれ、叩き切ったれ、光を信じてジャパン列島
灯せ、取り戻せ、失った大和精神性を…
立ち上がれ南三陸、気仙沼、石巻、名取、
女川、陸前高田、東松原、仙台よ
いわき、郡山、南相馬から浪江、双葉…

この歌の迫力に圧倒された。

岩手の上村さんは言っていた。「全国紙にはほとんど載ってないですけど、今でも地元の新聞は震災の記事ばかりです」

そうだったんだ。「忘れない」「語り継ぐ」「現地に足を運ぶ」を大切にしていこう。

3　偉くないのに偉そうなことを言う

「長」が付く肩書きをいただくということは、どんな組織であれ、その組織の責任ある地位に就くことであり、人の上に立つことだ。

ビジネスの世界であれば、それを「出世」と言い、社会的な信用がアップし、それに伴い給与も上がるので、喜ばしい。

とは言え、世の中には、誰もなりたがらない「長」がある。ＰＴＡ会長はその代表だろう。まずボランティアである。しかも、昼間、仕事を抜け出して学校関係のいろんな行事や会合に出席しなければならない。

Ｐ（保護者）とＴ（先生）の組織のトップなのに、学校運営に口を出す権限は、ない。学校からいろんな行事を請け負って、保護者に役割を割り当てる、下請け業者のオヤジのようにも思える。

それでも学校の数だけＰＴＡ会長はいる。誰もなりたがらない、その「長」の人たちと数多く接してきた。彼らに共通していたのは、みんな「いい人」だった。

実を言うと、僕も5年間、ＰＴＡ会長だった。ある日、我が家に教頭先生と教務主任の先生がやってきて頭を下げたのだから、断れなかった。引き受けた。仕方なく。

ＰＴＡ、そこは別世界だった。役員さんが使う言葉の意味が分からない。それまで言葉を交わしたことがなかった教頭先生や校長先生が、会うたびに頭を下げるので偉くなったと錯覚してしまいそうだった。

しかし、楽しさを実感するまでそれほど時間は掛からなかった。というのは、最初に「楽しもう」と決意して臨んだのだ。それまで学んできた心理学を実践してみようとも思った。すなわち、価値観の異なる人たちと「いい人間関係」を築くコツを、理論的には知っていたが、ＰＴＡはそれを実践する絶好の場だった。

入学式と卒業式は、直接今どきの小・中学生に、僕の個人的なメッセージを語れる貴重な場だった。何よりその話を自分の子どもも聴いている。何百人もいる保護者の中で、それができる特権を与えられているのはＰＴＡ会長だけだ。

この役目は、どれだけ札束を積んでも手に入れることはできない。


ビルの1階から見える風景と、屋上から見える風景が違うように、組織のトップにいるといろんな風景が見える。


学校は子どもを教育するところだが、今一番教育が必要なのは親だと感じた。

かつてイギリスのブレアさんが首相に就任したとき、「今、イギリスがやらなくてはいけないことは三つある。第一に教育改革。第二に教育改革。第三に教育改革だ」と演説したが、今日本の学校に必要なものが見えてきた。

「第一に親の教育」、これに尽きる、と。

親が何とかなれば、子どもは何とかなる。

作家の中谷彰宏さん曰く。

「親が成長せずに子どもを育てようとしても、子どもはどんどん親の言うことを聞かなくなります。子どもに勉強してほしいと思うなら、親が勉強している姿を見せたらいい。子どもの頃にできなかったことを、大人になって再チャレンジしているところを子どもに見せるとか…」

それから、学校には、幸せそうな先生と幸せそうに見えない先生がいることも知った。

幸せそうな先生は教師になってからも人間として成長した人だと思う。何と言っても教師は人間力が勝負だ。授業も生徒指導も子どもの心を掴むのは教師の人間力だ。

身銭を切って学ぶ人は、成長する。教育委員会が主催する無料の研修しか参加しない人は、残念ながら人間として成長しないだろう。自分で考えて探していないからだ。身銭を切る人は、自分で学ぶべきテーマを持ち、自分で探して学びに行く。だから、だんだん魅力的な人になる。自ら学ぼうとしている大人からしか、子どもは学ばないのではないかと思う。

だんだん説教臭くなってきた。

でも、ＰＴＡ会長は、先生と親に対して、偉そうなことを言ってもいいのだ。
だから、もし「ＰＴＡ会長になってください」と頼まれたら、積極的に引き受けてほしい。そして、「ＰＴＡを楽しもう」と決意して臨んではどうだろうか。

4　命はそんなにやわじゃない

杉浦貴之さん（41）は、講演をしながら自分で作った歌を歌う。随分前、彼の講演会に行ったとき、下手クソな歌だなと内心思っていたが、言葉には出せなかった。

講演は、若くして腎臓がんを告知された彼が、病気を克服していく感動的な話だ。闘病中の思いを彼は歌にした。それを歌うのだから下手でも誰も文句は言えなかった。

先月、数年ぶりに彼の講演会に出掛けた。トークの合間に4曲ほど歌った。その歌を聴いて泣いている自分に驚いた。「まさか杉浦君の歌に感動して泣くとは…」

シンガーソングライターを自称して歌い続けていくうちに、本当にシンガーソングライターになっていた。歌に魂が入っていた。

がんを告知されたのは28歳の時だった。

最初に杉浦さんを絶望の淵から救ったのは家族だった。両親には「もって半年、2年後の生存率は0％」と告知された。お母さんはそれを聞いて「余命宣告なんて私は信じません。私は息子を信じます」ときっぱり答えた。

息子の前ではいつも明るくふるまっていたお母さんだったが、仕事の行き帰り、何度も道路脇に車を止めて泣き崩れていたことを杉浦さんは後で知った。信仰心などまるでなかった父親も毎日仏壇と神棚に手を合わせるようになった。

おばあちゃんは孫の話になると、「私が代わってあげたい」と言っては泣いた。

杉浦さんは思った、「僕は無条件に愛されているんだ」

それまで彼は親の期待に応えることを生き甲斐としていた。勉強もスポーツも頑張った。

恋人ができなかったこと以外はすべて順調だった。

就職してからも「周りの期待に応えなければならない」という生き方は変わらず、頑張って認められることが自分が生きている意味だと思ってきた。

しかし、病気になってやっと気が付いた。

「僕は生きているだけでお父さんお母さんに幸せを与えていたんだ」と。毎晩、両親が病室を出た後、彼は感謝の涙で枕をびしょびしょに濡らしていた。

ある日、杉浦さんは夢を見た。自分の葬式の夢だった。冷たくなった自分の棺の横で家族が泣いていた。

次の日の朝、彼はこぶしを握り締めて力強く起き上がった。

「こんなことになってたまるか。絶対この病気を治す」と自分に誓った。心にスイッチが入った瞬間だった。

杉浦さんの著書『命はそんなにやわじゃない』（かんき出版）の中には、その後の七転八倒の生き様が綴られている。

彼の生命力をアップさせたものは大別すると三つある。

一つ目は病気が治った自分の未来像を具体的にイメージしたことだ。結婚する相手との出会いのシーンまで術後のベッドの上でイメージしていて、9年後、それは現実となった。

二つ目はがんを克服した人の背中を追い掛けたこと。

「東大に合格した人は運がよかったからじゃない。合格するだけの努力をしたからだ。がんを克服した人たちも必ずそこに理由があるはずだ」、そう信じてがんを克服した人たちの本を読みまくり、著者に会いに行き、話を聞いた。

三つ目は「エロ」だった。がんと闘っているとはいえ、28歳、男現役の杉浦さん。

「エロは健康である証拠、エロは生命力だ」と持ち前のエロを前向きに捉えた。タイプの看護師さんが来るとときめいた。

抗がん剤の副作用ですべての体毛が抜けた状態でも、一時退院したときにはしっかり風俗に通った。とにかく杉浦さんの講演にシモネタは欠かせない。

最後に、免疫力が上がると自分で言っている彼の歌の一節を紹介しよう。

きっと悲しみのその先には　喜びが待っていると、そう信じていた
そうさ、涙の先にはいつも　とびきりの笑顔がある、そう信じていた
走り出したらすべてが変わり始めた
できないことなんてない
だってぼくは生きている…
泣いて笑って自由に生きて
すべて味わう、それがいのち
楽しくいこう、自然にいこう
いのちはそんなにやわじゃないさ

（杉浦貴之『命もそれを望んでいる』より）

5　ホップ、ステップ、だうん

先週、生まれて初めて北海道の大地を踏んだ。襟裳岬にほど近い浦河町にある「べてるの家」が主催する「べてるまつり」に参加するためだ。

「べてるの家」とは、精神に障がいのある人たちが生活と社会活動の拠点にしている施設であり、会社であり、グループである。

物語の始まりは30年を優に遡る。

ソーシャルワーカー・向谷地生良《むかいやちいくよし》さんが、町内にある赤十字病院の精神科を退院した人たちと、回復者クラブ「どんぐりの会」を結成した。

その後、現在「べてるの家」の中心的存在である早坂潔さんが同病院を退院し、精神科の医師、川村敏明さんも加わって、じんわりと活動は始まった。

それは、自分で自分の病気を研究・発表する「当事者研究」、日高昆布販売の会社を設立し社会的自立と地域活性化を目指す企業活動、当たり前の人間関係の苦労を引き受ける共同生活。最近では婚活から結婚、出産、子育てにまで広がっている。

日本の障がい者福祉は、経済成長と共にハード面はどんどん充実し、ソフト面でも人権啓発活動を中心に「思いやり」や「共生・共存」という意識や理解が広がった。しかし、精神病に対する無理解、無知、偏見はまだまだ根深い。何よりも彼らは分かりにくいのだ。

その典型が、日常的に彼らが体験する幻覚や幻聴、妄想である。医学的にそれを治療することには限界があるらしい。何十年も幻覚や幻聴と付き合っている人たちはたくさんいる。「お前は価値がない」「早く死ね」「あいつを殴れ」といった幻聴を聞き、マンションの上階から飛び降りる人もいるらしい。

家庭内暴力を繰り返したり、地域で問題を起こしたり、何年もひきこもっていたりしながら、最後に「べてるの家」に辿り着いて、新しい人生を再スタートさせた人は数知れない。そこでは「幻聴さん」「幻覚さん」と呼び、それらを「人生の良きパートナー」にしている。

製薬会社の会議に招かれ、「メーカーに望むことはなんですか?」と聞かれた「べてるの家」のメンバーの一人が、「あまり治る薬を作らないで下さい。幻聴がなくなると困るんです。幻聴は僕の暇つぶしや娯楽の一つとして役立っているんです」と答えるほどである。

「べてるまつり」のメインイベントは、毎年恒例の「幻覚&妄想大会」だ。この1年間で最もユニークな幻覚や妄想を体験した人を表彰するというものである。

この大会も今年で20周年ということで、歴代のグランプリ受賞者が勢揃いした。宇宙船に乗った人、2階の窓から顔を出した緑色の牛に悩まされた人、妊娠し流産までした男性等々。

今年のグランプリは、天使のような真っ白い衣装に身を包んだ松村満恵さんに贈られた。表彰状にはこう書かれていた。

「あなたは動物愛護の精神にのっとり、ヤキトリは動物虐待であるという信念にもとづき、やきとり屋さんの赤ちょうちん撲滅運動の先頭に立ち、赤ちょうちんにパンチを食らわすという実力行使を行ったほか、いつも天使の声に耳を傾け、…笑顔を絶やさず、人を幸せにする幻聴さんキャラクターを考案し、普及につとめるなど、幻覚&妄想に新しい価値と可能性をもたらしました。…」

「ホップ、ステップ、だうん」、これが今年（2013年）の大会の合言葉。彼らは上を目指さない。上ろうとすると落ちてくるので目指してもしょうがないのだ。

弱い人が弱い人のままで幸せに生きられる社会を目指す。

彼らと一緒にいると、歯を食いしばって頑張れば幸せになれるとか、学歴や地位や収入が上がれば幸せになれるとか、そういう生活のほうが、何だか幻覚・妄想のように思えてくる。

6 「笑っていいんですか?」というネタ

テレビの業界では、NHK総合を含めて各局が依然として視聴率競争でしのぎを削っている感がある。視聴率のためならどこまでもオモシロ、オカシクあらねばならないと、司会者もゲストもお笑い芸人を起用するバラエティ番組も多い。

そんな中、地上波ではひと昔前の「NHK教育」、今の「Eテレ」だけは、昔から「視聴率など気にせず大切な情報を」と、朝から晩までお堅い教養番組を放送している。

だからこそ民放ではとてもできないタブーにも挑戦できる。そのことを垣間見たのは『バリバラ』という番組だ。

「バリバラ」とは「バリアフリー・バラエティ」の略で、今までタブー視されてきた障がい者の性や恋愛事情なども明るく、楽しく伝えている。

最近見たのは「障がいと笑いはどこまでOKか？」

お笑い芸人を自称している障がい者を登場させ、ネタを披露してもらい、大学生100人に見てもらって、「このネタ、アリですか、ナシですか？」と問い掛けていた。

たとえば、「あそどっぐ」という名前のお笑い芸人は脊髄性筋委縮症という難病で、車いすにも座れない。彼はベッドに寝たまま、言葉と顔の表情だけでコントをやる。

「もしも寝たきり障がい者が銀行強盗だったら」というネタでは、銀行強盗を企んだものの、彼は自分で刃物を持てないので銀行に来ているお客さんの中から協力者を探す。

「すみません、そこの人。このベッドの下にあるバッグの中から刃物を取り出して、受付のところに突き立ててくれませんか。そしたら私がびしっと決めゼリフを言います。

なにぶん、私、こんな体なので刃物が持てないんです。だからあくまでも私の代わりに、ということで…」

何人にもそうやって声を掛けるが、みんな逃げて行ってしまうというネタ。

交通事故の後遺症で高次脳機能障がいになったTASKE（タスケ）さんの「高次脳予報」というネタも大ウケしていた。

「明日は気温も低く、少し肌寒いため着替えを探す必要があり、『しまった場所が分からない』と頭の中がパニックになるでしょう。うつになる確率は60％から70％で、近畿・東海から関東にかけては激しく道に迷う方が多くなる見込みです。行き詰った時には深呼吸や水分補給などして体をリラックスさせるとよいでしょう。高次脳予報でした」

当の本人が自分の障がいで苦労したことをユーモラスなネタに仕上げているのだから、差別だと批判する人はいない。

「キャラの濃い車いすやベッドに寝たきり芸人には分からない苦労がある」と言って登場したのは、軽度の脳性まひの鈴本ちえさん。歩けば障がい者だと分かるが、座っているだけでは分からない。その「ビミョー」というのが彼女のキャラだ。

「シルバーシートに座っていると周りから白い眼で見られ、お年寄りに席を譲ろうと立ち上がったら、障がい者だと分かって譲り返された私ってビミョー」

「体は女、心は男」という性同一性障がいの万次郎さんは、自分の気持ちを五七五の川柳で表現した。

「股蹴られ見よう見まねで跳ねてみる」
「金ないがレディースセット手は出さん」
「したいのは連れションではなく立ちションだ」
「一周し行きたかったな女子高へ」
「気になるが意地でも押さないビデボタン」

100人の大学生、「面白かった」という人もいれば、「いとこに同じような障がい者がいるので笑えなかった」と、賛否両論あった。

自分のハンディを、健常者にはまねのできない強烈な個性と捉えた彼らの表現活動を支えているのは、まさに芸人魂。毎日ネタを考え、それを動画サイトにアップするのが楽しみなのだそうだ。

それにしても、視聴率に左右されず、いつも真摯に、真面目に番組作りをしている「Eテレ」だからこそ、こんなタブーにも挑戦できたのではないだろうか。

批判を恐れず、今までなかった視点を少しずつ取り入れていくメディアの姿勢は、社会に新しい風を起こす。

7　最大限の努力が可能性を拓く

インターネットで買い物をする人が増えている。

店頭で実物を見なければ怖くて買えないという人もまだまだ多数派だろうが、欲しい商品が「アマゾン（Amazon）」や「楽天」など信頼できるサイトにあって、それが有名メーカーのものであれば、ほぼ満足する買い物ができるのではないだろうか。

最近、価格比較をしてくれるサイトを見つけた。

欲しいものを入力すると、複数の店の販売価格が安い順で表示されるのだ。同じ商品ならば、一番安く売っているお店で買いたいのが消費者心理である。

すなわち「最小の費用で最高に価値ある商品を手に入れる」ということである。

この消費者心理が、教育の現場に蔓延しているそうだ。先日、大学の先生からこんな話を聞いた。

「4年制大学なので卒業に必要な単位数は最低130単位なんですが、多くの日本の学生がぎりぎりの130単位を取得して卒業します。でも、留学生の多くは少しでも多く学ぼうとするので優に150単位は取っています。学費は同じですから」

朝日新聞の「仕事力」というコラムに似たような話が載っていた。哲学者で武道家の内田樹《たつる》さんの記事だ。

「医学部の先生から聞いた話ですが、授業の後、質問に来た学生がいて、講義の内容について聞かれるのかと思ったら、『これ国家試験に出ますか?』と聞いてきた。こういう学生は『最低の学習努力で最高に価値ある学位を得る』ということを期待しているのです」

さらに内田さんは労働市場でも同じような原則を適用しようとしている若者が増えてい

ることを指摘している。

すなわち、「最小限の労働と引き換えに最も高い報酬を期待している」とか「最も少ない努力で最高の評価を受けるような仕事がしたいと思っている」というのである。

就職活動をしている学生たちはこれを「自分に合った仕事に就きたい」という言葉で表現する。「適職」というものだ。

つまり、今自分に100の能力があるとすると、100の能力でできる仕事を彼らは「適職」と呼び、「自分は人と話すのが苦手なので絶対営業職は無理。事務職じゃなきゃだめ」などと決め込んで、自分の無限の可能性に蓋をしてしまう。

僕は今、短大で非常勤講師をしているが、学生たちがよく言うのが「自分にはどんな仕事が合っているのかわかりません」である。

そんなことは当たり前である。人生経験などほとんどなく、しかも職業人としての経験はゼロに等しいのに、「自分に合った仕事を探す」なんて慢心極まりない。

職業とは、探すものではなく誰かに選ばれて就くものだ。だから「天職」のことを「コーリング」という。「呼ばれる」という意味である。

たとえば、「教師になりたい」「出版関係の仕事がしたい」などと希望していても、選ばれなければその職に就けないし、独立して起業しても、お客様から選ばれなければ、成功しない。

心理学に「ジョハリの窓」という考え方がある。1枚の紙を真ん中から十字に線を引き、四つの窓（面）を作る。

左上の窓は「自分も他人も知っている自分」
左下の窓は「自分は知っているけど他人は知らない自分」
右上の窓は「自分は知らないけど他人は知っている自分」
右下の窓は「自分も知らないし、他人も知らない自分」である。

最後の右下の窓は「未知の窓」と呼ばれているが、僕は「無限の可能性の窓」とか「神の領域の窓」と呼んでいる。

若いときは、自分にどんな可能性が秘められているか、自分もわからないし、先生も親もわからない。だから100の能力しかなくても150の力を発揮しないと出来そうにない、苦手なことや困難なことに、若いときは挑戦していくべきなのだ。

そうやって今の環境の中で最大限の努力をしている人が最終的に選ばれる。

教育や労働市場では消費者心理の原則は通用しない。

「自分に合った仕事を見つけよう」なんてきっと幻想だと思う。

8　コンプレックスが個性をつくる

「採集」という言葉から連想するのは、「昆虫採集」くらいしかない。昭和生まれの、田舎の小学生なら誰でも夏休みの宿題でやったのではないだろうか。

野山を歩いて見つけた昆虫を針で刺し、乾燥させ標本にしていく。一見すると残酷だが、明日の日本を担う子どもたちのために、たくさんの虫たちが教材になってくれた。

今、新しい「採集」がブームになっている。その名はなんと、「美女採集」

「採集」というだけあって、針で刺して標本のように展示する。つまり、美しい女性の写真を撮り、その被写体をさらに美しくするために、その写真に針を刺して刺繍をしていくのだ。

これ、男がやると変態っぽいが、元雑誌モデルで、デザイナーの清川あさみという美しい女性が手がけるからアートになる。

彼女の周りには「採集」されたい女性たちが集まってくる。もっと美しく見られたくて。

全国各地で、「清川あさみ・美女採集」と銘打った個展が開催されている。先週、宮崎市のみやざきアートセンターで開催中の「美女採集」に行ってみた。

清川あさみさんを紹介するＶＴＲに、漫画家の辛酸なめ子さんの言葉が出てきた。これが何とも面白かった。たとえば、こんな言葉だ。

「美女は、来世でも美女に生まれるために、人の悪口を言わないようにしています」

自分の口から発した言葉は、自分に跳ね返ってくると言われる。なぜなら自分の言葉を最初に聴くのは自分の耳だから。なので、人の悪口だけでなくネガティブな言葉も慎んだほうがいい。

次、「美女は、目を細めないで笑顔を作れます」

これは少々、鍛錬が必要かもしれない。皆さん、鏡を見ながら笑ってチェックしてみましょう。

次、「美女は、ガラスの指輪をしていても、それをダイヤモンドに見せられる」

確かにそう見える。これは美女ならではの魔法かもしれない。

次、「美女は、瞬間、瞬間を、美粒子として存在している」

この意味はよく分からないが、きっと一つひとつのさりげない所作に美しさがあるということではないだろうか。

次、「美女は、存在しているだけで半径5メートル以内の人に生きる力を与える」

「明るくする」とか「元気にする」ではなく、「生きる力」というところが何だかすごい。美しさにはとてつもない力があるようだ。

人は、洋の東西を問わず、太古の昔から美しいものに、この上ない憧れを持っていると言っても過言ではないだろう。

清川あさみさんは、美しいものと対極にあるものを「コンプレックス」という言葉で表現していた。自分の一番見たくないところ、嫌なところ、人に見せたくないところ、醜いと思っているところだ。

彼女はものすごい絵の才能があったにもかかわらず、思春期の頃は「自分には何もない」と言って、自分が嫌いになり、自信を喪失し、家にひきこもっていた時期があった。高校を卒業して上京し、原宿を歩いているところをスカウトされ、モデルになった。自分の写真が世に出回った。やっと自分を客観的に見れるようになった。そして思った。

「コンプレックスは個性になる」

「個性はコンプレックスによって作られる」

美しさに絶対的な基準はない。上限もなければ、限界もない。生きているだけで、それはもう芸術であり、美そのものだ。世の中に美しいものがあるのではなく、美を表現しようとする、その行為そのものが美しいのだと思う。

そうそう、辛酸なめ子さんはこうも言っていた。

「美女としての最高の誉れは、バラに自分の名前を付けられることです」

どんなバラに自分の名前を付けられるか、やれるものならやってみましょう。

9　すべて「今」につながっている

友人のエリさん（たぶん50代前半）が講演するというので、聴きに行った。

話し方教室やビジネスマナーの講師をされていて、内面からにじみ出てくる笑顔が美しい女性だ。さぞかし楽しい話が聴けるだろうと思っていたら、彼女の壮絶な人生の物語に圧倒された。

商売をしている男性とお見合い結婚したのは25歳のときだった。少し前に三つ年上の姉が、やはり商人の家に嫁いでいた。

厳格な教育者だった父親とは違い、姉が嫁いだ先のご両親は、腰が低く、誰にでも頭を下げ、相手の気持ちを汲んで、思いやれる心の温かい人たちだった。

エリさんは商人の素晴らしさを垣間見た。だから自分の結婚相手も、彼の家も、きっとそうなんだと思った。

ところが、結婚式を終えて、嫁入りした日から夫は豹変した。

彼の家は男尊女卑の価値観が強かった。「嫁の分際で」「誰に食わせてもらっているんだ」という夫の言葉が日常的にエリさんの心に突き刺さった。

商売のことは何も分からないエリさんは、「とにかく誰よりも苦労しよう」「誰よりも心を込めて一生懸命頑張ろう」と自分に言い聞かせて頑張った。「少々のことは我慢しなければならない」と覚悟も決めた。

それにしても夫の言葉はきつかった。彼女を罵倒する言葉は一日中飛び交い、彼女の実家の悪口まで言われた。

「おはようございます」と言うと、「その声が気に入らない」と突き飛ばされ、黙っていると蹴飛ばされた。外出するときは必要最低限のお金を握らされ、帰る時間まで管理された。

「私が嫁として至らないからだ。私が悪いから両親まで悪く言われるんだ。もっと夫に尽くしていけばいつか分かってもらえる」、そう思いながら毎日睡眠時間3時間で頑張った。

ついに精神的に異常をきたすようになった。

実家に戻って療養したが、1か月もすると、「体裁が悪いから帰ってこい」と言われ、呼び戻された。

そんなエリさんに胸を痛めていたお姉さんから手紙が届いた。世界的なファッションデザイナー・高田賢三のファッションショーのS席のチケットが2枚入っていた。

「行かせてもらえるか分からない」と、いつも相談相手になってくれている隣の奥さんに話したら、「私に任せて」と言って、夫の親と交渉してくれた。そして2人で出掛けた。

まだ心の病気は治っていなかった。「途中で倒れるかもしれない」と、会場に着いてもエリさんは不安だった。

やがてオープニングの音楽と共に、華やかな光がパーッとステージを照らした。最前列に座る自分に向かって、向こうから満面の笑顔のモデルが踊るように歩いてきた。光のエネルギーを自分に届けてくれているように思えた。雷に打たれた感じだった。

「私は今まで何をやってきたんだろう。泣いて暮らすも一生、笑って暮らすも一生、だったら笑って暮らそう」と思いが湧きあがってきた。一瞬で世界が変わった。

翌朝、目が覚めたら鏡を見て、ニコッと笑い、「おはよう」と自分にあいさつした。そして鏡の中の自分を褒めた。「夕べも3時まで起きていたのに、今朝も目覚まし時計のベル一回で起きられたあなたは偉いね」

そしてこう言った。「まだ笑顔になれるじゃない」「探せばあなたにもいいところがあるじゃない」

夫が相変わらず自分を罵倒すると、「あなたはまだそんなことを言ってるの。私はもう違う方向を見ているの」と思えるようになり、傷つかなくなった。

その後、エリさんはお店を盛り上げるために懸命に努力した。しかし、長年続いた放漫経営はどうにもならず、店は倒産。

彼女は再び絶望のどん底へ落とされたが、たまたま目に飛び込んできた「話し方教室生徒募集」という新聞広告に導かれ、新たな人生の扉を開けた。

ここからの人生もまたドラマチックなのだが、もう行数がない。

言えることは一つ。過去に降りかかった経験に意味のないことは一つもない。すべてのことが「今」につながっている。

10 「パクる」の三段活用で進化する

「面白い！」「為になる！」「感動した！」、そんな話を求めて日々彷徨っている。

だが、立派な肩書きやすごい経歴の持ち主だからといって、いい話をされるとは限らない。本を多数出しているからといって話し方が上手いとも限らない。有名人だから期待して話を聴きに行ったら、期待を裏切られたことも多々あった。

一方、取材に行っていい話を聴くと、どうしても記事にしたくなる。より正確な記事にするためには、筆記に加えて録音は欠かせない。

しかし、講師や主催者によっては「録音お断り」と言われることも少なくない。特にテレビによく出てくるような有名人はほとんど「録音は固くお断りします」とアナウンスが流れる。とても残念な気持ちになる。

だからだろうか、それとは真逆のことを言う人に出会うと、嬉しいというより感動するのである。

大阪で開かれた下川浩二さん（通称しもやん）のセミナーに参加した。下川さんの第一声はこうだった。

「このセミナーは録音やビデオ撮影は一切お断りしておりません。ご利用はご自由に」

「それから私に無断でユーチューブ等に勝手にアップする行為が見られました。めちゃめちゃ嬉しく感じました。ありがとうございます」

「セミナーは一度しか聞くことができませんが、録音すると何度も学習できます。繰り返し学習が何といっても一番です。著作権なんて私にとっては鼻くそみたいなもんです」

20世紀後半の、いわゆる著作権の考え方で言えば、講演の中身は講師が人生を賭けて練り上げ、作り上げた「商品」である。これが録音されて勝手に一人歩きでもしたら困る。著作権の侵害である。確かにこれは社会の常識である。

しかし、21世紀になった今、下川さんのような講師に時々出会う。講演した内容が録音され、CDに焼かれてどんどん出回ることで、どういう現象が起きるかというと、そのCDが自分の「分身」となって営業してくれるのだ。

そして、それが「面白い」「為になる」「感動する」内容だと、あちこちでその人のファンができてしまう。

ファンになるとどういう行動に出るか。好きなアーティストのコンサートに行ったことがある人なら分かると思うが、飛行機に乗ってでも、1泊してでも、ファンは2時間のコンサートを聴きにどこにでも行ってしまうのである。楽曲は既にCDで聴いているのに、やっぱり本物に会いたくなる。これは人間の本能である。

実際、僕が下川さんのセミナーのために大阪まで行ったのは、タダでもらった下川さんの講演CDを聴いて、「面白い」「為になる」「感動する」の三拍子が揃っていたからだ。行ってみると、やっぱり参加者は全国各地から集まっていた。参加費が1万円というのに、である。

ビッグな経営者や著名人の言葉を集めた『プレジデント名言録200選』(プレジデント社・秋庭道博著)の中に、なぜか下川さんが登場している。彼自身も自分が載っているなんて知らず、本を読んだ友人が教えてくれたそうだ。

その本に収められた下川さんの名言は「TTP・TKP・OKP」だった。

TTPとは、「徹底的にパクる」。学ぶことは真似ることから始まる。まず手本になる人を見つけて、その人の行動を徹底的に真似る。

それが出来たら次はＴＫＰ、「ちょっと変えてパクる」。

真似る際に少し自分なりの工夫を入れるのだ。

それが出来たら最後はＯＫＰ、すなわち、「思いっきり変えてパクる」。自分のやり方をふんだんに取り入れることで、真似をしているのに原型をとどめない。

これは武道や茶道、華道などで言われる「守破離」の考え方に通じるものがある。最初は師匠の教えを徹底的に守る。それが出来上がると師匠の教えを破り、最後は師匠の教えから離れる。

そう考えると、下川さんの名言は面白くて、実に意味深長だ。早速、その考え方をＴＴＰ、ＴＫＰ、ＯＫＰしてみよう！。

11　あれもこれも手に入れる覚悟

九州大学の佐藤剛史《ごうし》さんがやっている『婚学』というユニークな講義を取材したことがある。

「結婚は何の為にするのか」みたいなテーマから始まって、「子どもを産むこと」「結婚相手の条件」等々、講義は討論形式で進むので終始賑やかだ。

この講義、毎回社会人の参加者を公募している。『婚学』では社会人が結構重要な役割を果たしているのだ。結婚や出産を経験した人の意見は、机上の空論になりがちな学生の思考に一石を投じる。

その日、剛史さんは社会人参加者に「結婚してこんなはずじゃなかったと思うこと」というテーマを投げ掛けた。これは既婚者の永遠の課題だろう。好きになった人と人生を一緒に歩みたいと思う気持ちと、現実の生活との間には大なり小なり、ギャップは付きものだ。

さて、話は変わるが、そのギャップを埋めるのが「覚悟」ではないかと、世界的な物理学者、米沢富美子さんの話を聴いて思った。

富美子さんの心にスイッチが入ったのは5歳のときだった。お絵描きをしていると、お母さんが三角形を描き、三つの角度があって、それを足したらどんな三角形でも１８０度になることを教えた。

5歳の少女は「面白い！」と思った。

小学校から高校まで算数・数学はずば抜けた成績だった。１９５７年、ノーベル物理学賞受賞者の湯川秀樹博士に憧れ、京都大学物理学科に入学した。

物理学は面白くて仕方がなかったが、一方でちゃっかり恋もした。2年生のときから付き合い、一足先に証券会社に就職していた彼からプロポーズされたのは大学院1年生のときだった。

物理の研究は片手間で出来るような生易しい世界ではない。天秤に掛け、「結婚より研究を選びます」と彼に伝えた。

しかし、彼は言った、「僕の妻になることと物理の研究と、両方取ればいいじゃないか」

この口説き文句に富美子さんは落ちた。

「そうか、人生はあれかこれかではなく、あれもこれもという選択も可能なんだ」

結婚して間もなく、夫はロンドン勤務になった。夫婦同伴での赴任は認められなかった。「なら私は私で留学しよう」と思い、ロンドン周辺の、すべての大学に手紙を書いた。「私を留学させてください」

30校のうち2校から返事がきた。「授業料免除、3食付きで寮費免除、奨学金付き」という条件を出した大学に決めた。二人はイギリスで新婚生活を再開させた。

帰国後、京都大学の大学院博士課程3年だった66年、長女を出産した。その頃、夫の赴任地が東京になった。富美子さんは東京での居場所を探し、東京教育大学理学科に籍を移した。研究者としての道が閉ざされることはなかった。

その後、再び京都大学に戻り、67年には二女を出産。その翌年には「不規則な原子配置を持つ金属元素の電子状態を計算するための手法」を学会で発表し、米沢富美子の名は世界に轟いた。

三女を出産した71年の翌年には夫のアメリカ赴任に合わせて、アメリカの大学の研究員となり、家族5人で渡米した。

「いつ、いかなる時でも夫婦二人三脚ですごい」と思っていたら、なんと夫は家事・育児には一切協力しなかったそうだ。

家事・育児はすべて富美子さんが家政婦や保育施設などの協力を得てやった。国内外の学会にはいつも子連れで参加した。

夫が何もしてくれないことでイライラするより、夫には何も期待しないと覚悟したことで、心はいつも穏やかで、楽しく子育てをし、研究にも没頭できた。夜机に向かうのは子どもを寝かせてから。1日4時間の睡眠も苦ではなかった。

45歳の時、乳がんが見つかり、左乳房を全摘した。「娘たちではなく私でよかった」と思った。しばらくは病室が研究室になった。

夫に感謝しているのは研究に対して一度も足を引っ張る発言をしなかったことだという。その夫が60歳で亡くなる時、病床で「あなたに支えられたから私はやってこれた。ありがとう」と心から言えた。

人生、「楽しもう」という覚悟をした人間ほど逞しいものはない。結局、あれもこれも手に入れている。

12 いいことを「普通のこと」にする

先日、中村文昭さんに会った。

数年前に彼の講演記事を掲載したり、彼の講演ＣＤを聴いていたので、現代の日本では稀に見る面白い男だと思っていたが、実際に会ってみると、想像以上だった。

18歳のとき、田舎から上京してきた初日に、ブレーキの壊れた自転車に乗って当時の防衛庁に突っ込み過激派と間違えられて捕まった。

やっと解放され自転車を押しながら帰る途中で警察官から自転車泥棒と間違えられて派出所に連行された。笑える後日談は尽きない。

中村さんは出会った人を友だちにするという不思議な魅力を持っている。彼に言わせれば、それが彼にとっての「普通」なのだそうだ。

後に中村さんは、故郷の三重県伊勢市に結婚式ができるレストランを創業して成功していくのだが、その成功の陰にはたくさんの人との出会いがあった。

その一つひとつを手繰り寄せていくと、上京初日に出会った警察官に行き着く。そう、彼はあの日、職務質問をした警察官と友だちになっていたのだ。

ある日、その警察官と焼き鳥屋に行ったとき、たまたま隣に座った人とおしゃべりが始まり、その人の生き様に感動し、すぐ弟子入りした。その人との出会いが中村さんの人生を変えた。

中村さんは今、全国各地で講演をしている。移動するときに利用する新幹線の中では必ず隣に座った人と友だちになる。

切符を買うと、「今日はどんな人と出会えるやろう?」と胸がワクワクするという。乗客は普通、新幹線の中で寝ていこうとか、本を読もうと思っている。しかし、彼はそれを許さない。

「かわいそうだけど、僕の隣に座ったら最後、目的地まで寝かせませんでぇ」

とにかく1時間、2時間、一生懸命相手の話を聴き、しゃべる。別れるときには名刺交換をして、「また会いましょう」「今度、ご飯、ご一緒しましょう」となる。

この「新幹線の友だち」は優に100人を超え、その100人から紹介の連鎖が広がっている。

最初に本を出したときの出版社の担当者は、Aさんという人の紹介だが、そのAさんはBさんの紹介で、そのBさんはCさんの紹介で…という具合に遡っていくと、8年前に出会った「新幹線の友だち」に辿り着くそうだ。

知らない人とは口をきかないのが「普通」なのに、彼はなぜ誰とでもすぐ友だちになれるのか。そのことを彼は母親から学んでいる。

ほら、田舎に行くと、電車の中でも、バスの中でも、病院の待合室でも、どこでも知らない人とおしゃべりを始めるおばちゃんがいるではないか。

今でこそ、「知らない人について行くな」と子どもに教える時代だが、中村さんのお母さんは、村で旅の人を見かけると、追いかけていって「今晩の宿はあるの？」とか聞いて、「ない」という人がいたら自分の家につれてきて泊まらせるような人だった。

そんな母親を見て育ったので、知らない人を友だちにするのは彼にとって「普通のこと」なのだ。

中村さんが上京して奇妙に思ったのは、駅前などでティッシュを配っている人を多くの通行人が無視して通ることだった。

「あの人たち、働いているんですよね。だったら『お疲れさま』って声を掛けてティッシュくらい受け取ってあげたらいいじゃないですか」

とことん人が好きなのである。その人がお客さんだからではない。人そのものが好きなのである。好きだからその人を喜ばそうと必死になる。

だから「中村文昭」と出会うと、みんな彼のことが好きになる。

一体、「普通」って何なのだろうか。

中村さんは「『普通』をつくればいいんです」と言う。

玄関では履物を揃える。誰にでもあいさつをする。子どもの前で本を読むなど、中村さんは家庭の中でこれらを「普通のこと」にしていった。

やがて彼の3人の息子たちにとってそれらは「普通のこと」になってしまった。「普通」はつくればいいのだ。メデタシ、メデタシ。

13　できることなら上手な旅立ちを

東日本大震災から1年が過ぎた。命の儚さと無念さを脳裏に叩きつけられた1年だった。

命あるものは必ずいつかこの世から旅立っていかなければならないことは分かっている。しかし、唐突に訪れた死に対しては、「旅立つ」という言葉はちょっと似合わない。「奪われた」、そう思えてならない人もたくさんいると思う。

自分の思いのままに、自分の人生ドラマの終幕を下ろすことができる人って一体何人くらいいるのだろう。もちろん周囲の人も納得いくカタチで。

そう考えると、そう多くはいないのではないか。自分の人生なのになぜ？　死というものが突然訪れるからか。いやいや、そういう死もあるけど、ある程度、余命が予測できる病気もある。

それでもやはり死を考えることは怖いし、そのことについて語り合うことは、ある意味、縁起が悪いということでタブー視されてきた。

何といっても自分の死を自分で段取りする文化がこの国にはない。

先日、すごい映画を観た。助監督として映画制作に従事してきた砂田麻美さん（33）が、初めて自ら撮影・監督・編集をしたドキュメンタリーである。

何がすごいかというと、胃がんと診断され、余命宣告まで受けた自分の父親に完全密着して亡くなるまでカメラを回し続けたのだ。

映画の題名は『エンディングノート』

主人公は、熱血営業マンとして60年代から約40年間、この国の経済を支えた典型的な元企業戦士・砂田知昭さん。定年退職し、これから好きなことをして楽しもうと思っていた矢先にステージ4のがんが見つかった。毎年欠かさず健診を受けていたのに。67歳のときだった。

砂田さんは現役時代、何事も事実を正確に把握し、自分できちんと段取りして物事を進めないと気が済まない性分だった。そんな気質からか、死を宣告されたとき、死に至るまでを「人生最後の一大プロジェクト」と称して、自分で段取りを始めた。

そのために書き始めたのが「エンディングノート」だった。

「それは遺書なのですが、遺書よりはフランクで公的な効力を持たない家族への覚書のようなものです」とナレーターは語る。

映像を説明するナレーションは砂田さん本人が書いた文体になっているが、読んでいるのはカメラを回している娘の麻美さんだ。

冒頭のシーンはいきなり葬儀場。

「本日はお忙しいなか、私事で御足労いただき、誠にありがとうございます」。故人が参列者に語り掛けるという、何ともユーモラスなナレーションだ。

砂田さんは自分の葬儀場も自分で決めた。クリスチャンでもないのに、車中からいつも目にしていた近所の教会を訪問して、神父と面談した。

「最期はここでお願います」

なぜ教会にしたのか。娘にだけ真相を語った。「一番リーズナブルだったから」

葬儀のとき、案内状を出す会社関係の名簿も、電話連絡すべき人の名前もエンディングノートに書き、長男に託した。

学童前の、まだ小さな孫たちと遊ぶときは気合を入れた。孫たちはいつも笑顔で登場していた。

しかし、映画も終盤に差し掛かり、家族に別れの言葉を言うシーンではそうはいかない。

幼い孫たちも弱り切ったジージともう別れなければならないことを感じ取り、ただただ、涙、涙。

カメラはさらに夫婦のプライバシーまで追い掛ける。「もう撮らないで」と母親から言われ、娘は回っているカメラを置いたまま病室を出た。

子どもたちには恥ずかしくて聞かせられない言葉を砂田さんは奥さんに言った。

今まで一度も言ったことがない言葉だった。

「愛してる」

決してラブラブの夫婦ではなかった。「生き方上手」だったかと言うと、そうでもなかったのかもしれない。それでも生前の「段取り上手」が「死に方上手」に繋がった。

カメラは回らなくてもいいから、こんな最期を迎えられたら最高だと思った。

この映画、好評につき映画館での上映が延期になった。レンタルＤＶＤでもお楽しみください。

14　想像する力はいつか創造の力に

昔から不思議に思っていた。

年の瀬が近づくと、街には年の瀬らしい空気が流れ、年が開けると一夜にしてお正月の空気が張り詰める。

そして時間や曜日の観念がなくなる。しかし、4日を過ぎる頃から徐々にその空気は薄らぎ、やがて街は以前のようなありふれた空気に戻ってしまう。

年の瀬は「歳神様」をお迎えする準備のための期間で、「歳神様」はそれぞれの家庭に来られて、正月三が日ゆっくりされるのだそうだ。

漠然と知ってはいたが、気に留めて年末年始を過ごしてこなかった。

昨年の暮れ、室町時代から700余年も続く小笠原流礼法の師範・森日和さんから日本の伝統的なしきたりの話を聞いたときには、「へぇ〜」という驚嘆の声の連続だった。

そういうものにありがた味を感じる年齢になったのかもしれないし、静かに流れていた日本人としての血が呼び覚まされたのかもしれない。

以前、「失われた10年」という言葉がよくマスコミに登場していた。バブル経済が崩壊した1990年代前半から2000年代前半の不況の時代を指す言葉だ。

それまで順風満帆だった日本経済が大きく失速し、経済大国としてのプライドや品格や誇りや倫理を失っていった。

しかし、「失われた10年」は実は表層的なものにすぎず、もっと本質的な喪失は60年代から始まっていた。

日本が日本であるために、存在しなければならない儀礼的なものやそこに付随する精神的なもの、それらが古めかしいものとして、あるいは封建的なものとして、日本人から見向きもされなくなっていった。それは近代国家を目指す国民がどこかで通過しなければならない試練の一つとも言えよう。

イギリスもそうだ。古い伝統を重んじるあの国も、たくさんの見えない財産を失いながら、いち早く先進国となった。

国名からしてそうだ。そもそも「イギリス」という国は存在しない。

正式な国名は「グレートブリテン及び北アイルランド連合王国」といって、イングランド、スコットランド、ウェールズ、北アイルランドの国々から構成されており、どこにも「イギリス」という名称はない。

ジュリアン・バーンズ著『イングランド・イングランド』は、イングランドがだんだんイングランドらしさを失っていることを嘆いたある大金持ちが、イングランド本土からほど近い小さな島を丸ごと買い取って、そこにイングランドらしさを持ったテーマパークを建設するという物語だ。

バッキンガム宮殿やロンドン塔、二階建てバスに黒塗りタクシーなど、イングランドらしい建物はもちろん、昔の農村風景もあれば、田舎娘までいる。本物は本物らしさを失うが、偽物は本物以上にできるというのが、このテーマパークの売りである。

このパクリが日本にも欲しいと思った。映画『ＡＬＷＡＹＳ三丁目の夕日』よろしく、古き良き日本のレプリカをどこかの島で再現させるのだ。その島では近代的な生活を営みながらも、年中行事や生活儀礼、精神的なものを何より優先する。

たとえば、正月三が日は基本的には仕事をしない。すべての家庭には門松やしめ縄が飾られる。また、お盆休みには旅行など行かず、各家庭でご先祖様をお迎えする。宗教が介入してくるとややこしくなるので、あくまでも昔から伝承されてきた風俗・慣習としてやる。そして「向こう三軒両隣」の精神で人々は生活する。

まじめにやろうとすると、子や孫の世代で崩れるだろう。

面白半分、楽しさ半分、まさにテーマパーク『ニッポン　ニッポン』の住民にならなければ続かない。なんてこんなバカバカしくも、ステキなことを今年のお正月に考えていた。

考えることは勝手である。イングランド人のジョン・レノンも歌っていたではないか。

「想像してごらん。簡単だろう」って。

「僕のことをみんな夢想家と言うけど、でもいつか君も加わって世界は一つになると願うよ」って。

まずはイメージすることから。

第2章

親や教育者が子に伝えてほしい“すごい考え方”

～「情報は心の架け橋」by魂の編集長～

1　入学式の祝辞、新入生起立、礼。

新入生の皆さん、新入社員の皆さん、皆さんの新しい旅立ちを心から祝福致します。

小学校1年生の君たち、君たちが今日この席に座るまでに6年の歳月が必要でした。高校1年生の諸君、君たちには15年の歳月が必要でした。

そうです。成長には時間がかかるのです。ある一定の期間を経ないと次のステージに行けません。次のステージに行ったとき、初めて「自分は成長した」ということに気が付きます。

親戚のおじさんおばさんと久しぶりに会ったとき、必ずこう言われますよね。

「しばらく見ないうちに大きくなったね」って。

おじさんおばさんは成長の「結果」を見ているので、成長したことがよく分かるのです。

でも、成長期間の只中にいるときは、「今自分は成長している」と実感することはありません。君たちの前にあるのは、明日までにやらなければならない宿題、目の前にいるのは口うるさい親や先生、上司、任せられた仕事、明日のアポイント、そんな現実だけです。

幼稚園、保育園を先月卒園したばかりの君たちは、今までただ食べて、寝て、笑って、泣いて、遊んで、おもらしして、…その繰り返しの日々でしたよね。

この前小学校を卒業したばかりの君たちも、ただひたすら遊んで、宿題して、怒られて…その繰り返しの日々だったはずです。幼いときはそれでよかった。その日常の繰り返しの中に「成長の糧」はありました。

しかし、中学生や高校生になった諸君、大学生や社会人になった君たちの成長は、幼児期・少年期のそれとは違います。

先ほど言いましたが、成長するためにはある一定の期間が必要です。肉体的な成長にも、精神的な成長にも、です。

昔の人は「寝る子は育つ」と言いました。

成長ホルモンの分泌も、細胞の新陳代謝も、寝ているときに活発に行われるそうです。それから、学校で学んだことを脳が記憶するのは夜寝ているときだそうです。昔の人は睡眠の重要性を知っていたのだと思います。「夜」という時間はとても大事な成長期間だったのです。

「夜」を人生にたとえていうと、「休みの日」です。平日の日中、君たちは学校で勉強します。部活をします。社会人は一生懸命仕事をします。そのことで学力や仕事のスキルなど、実力が身に付きます。もちろん、それもまた成長です。

しかし、人としての魅力というか、人間味というか、そういう「味」のある人間になるためにはどうしてもオフの時間が必要です。

こんな面白い話を聞きました。ある村にたいそう徳の高い偉いお坊さんが来て、何かすごい話をしてくださるというので、村中の人が集まりました。

村にやってきたその偉いお坊さんはこう言いました。

「これから3年間、小石を拾いましょう。3年後、きっとあなたたちは喜び、そして悔しがるでしょう」

村の人たちは「は?」と思いました。幸せになるいい話が聞けるのかと期待して来たのに、意味不明の話だったのでみんながっかりしました。それでも素直に小石を拾い集めた人はたくさんいました。

3年経ちました。拾い集めた小石はどうなっていたと思いますか? 全部ダイヤモンドに変わっていたのです。3年前にあのお坊さんが言った通り、小石を拾った人は大喜びしました。と当時に「もっとたくさん拾っておけばよかった」と悔しがりました。

何の話かと言うと、よく入学式のときに校長先生が言います。「若いときにたくさん本を読みましょう」って。入社式のとき、社長や先輩は「いろんな出会いをつくれ」って。若いときって、そういう話を上の空で聞いていますよね。

休みの日、本を読みましょう。新しい出会いを求めて行動しましょう。そのときはただの一冊の本、ただの小さな出会いに過ぎないかもしれません。しかし、若いときに読んだ本や人との出会いは、ある一定期間が過ぎると、ダイヤモンドの輝きを放つようになるのです。

君たちの人生がいい味を出すためには「本との出会い」と「人との出会い」、この両方が必要です。休みの日、オフの時間を有意義に過ごしてください。

将来、悔しがることがないように…。

2　大好きだよって言ってますか

周期があるわけでないと思うが、いじめが原因とされる悲しい事件が数年置きに大きな社会問題になる。そのたびに「いじめをなくそう」という大人のメッセージが虚しく聞こえる。

いじめは歴とした犯罪である。しかし、子どもである被害者は幼すぎて法律に訴える術を知らない。そして、どんなに「いじめはいけない」と教育者が叫ぼうと、いじめは大人の目の届かないところで起きる。

大人にできることはないのだろうか。

随分前のこと、作家の落合恵子さんが講演会でこんな話をされていた。

70歳を超えた女性から長い手紙が届いたそうだ。そこには中学2年の孫が、冬休みに彼女の家に遊びに来たことが書かれていた。

仮に彼の名を「大輔」としておこう。大輔には顔に大きな赤いアザがあった。幼かった頃、そのアザが原因でいじめられて泣いて帰ってくると、祖母は大輔を膝に乗せて優しくこうささやいた。

「ばあちゃんはな、大輔が大、大、大、だーい好きだよ。大輔の鼻も耳も目も頭も赤いアザもみんな大、大、大、だーい好きだよ」って。

大輔は、その年の年末年始を祖母と一緒に過ごした。そのうち自分の家に帰るだろうと思っていた。だが、冬休みが終わっても大輔は居座った。学校に行く意欲がないように思えた。

祖母は直感で「いじめにあっているのでは」と思ったが、学校に行かない理由は聞かなかった。一緒にご飯を食べ、時には一緒に料理を作った。

大輔の父親からは毎日のように「何やってるんだ?」という電話がかかってきた。祖母は「長い人生、少しぐらい回り道したっていいのよ」と軽くかわした。

ある日、大輔は学校のことを祖母に話し始めた。やっぱりいじめられていた。それはこんな内容だった。

大輔のクラスで一人の女の子がいじめられていた。それをいつも見ていた大輔は、かつて小学校の頃、自分も顔のアザのことでいじめられていたという古傷がうずき出し、いじめっ子に向かって叫んだ。

「いじめはやめようよ」

いじめのターゲットが女の子から大輔に移った。

「お前のアザを消してやる」と、いじめっ子らは真冬に校庭の水道を全開にして大輔の髪の毛を掴んで、蛇口の下に顔を入れた。上半身ずぶ濡れになって帰宅した。

母親から「どうしたの?」と聞かれても、「何でもない」としか答えなかった。親に話して先生に伝わったら、もっといじめられると分かっていた。

ある日の放課後、教室で数人に押さえつけられ、ズボンとパンツを脱がされた。下半身裸のまま教室の床に正座した。誰かが「前を隠しても後ろから見えるぞ」とはやし立てた。

そのとき、一人の女の子が羽織っていたカーディガンを脱ぎ、他の数人の女の子のカーディガンも集めて袖のところを結び、「これで隠しな！」と言って大輔に放った。大輔はそれで腰を隠し、立ち上がった。

大輔は最初、祖母に笑いながら話していた。だが、祖母がポロポロ涙を流しながら聞いていることに気付いて、途中から涙声になり、「あの女の子のことを僕は一生忘れない」と語り終えたとき、声を上げて、泣いた。

祖母は、どうしたらいいのか分からなかった。考えて、考えて、出てきた言葉は、遠い昔、いじめられて泣きながら帰ってきた彼を膝の上に乗せ繰り返しささやいた言葉だった。

「ばあちゃんはな、大輔のことが大、大、大、だーい好きだよ。お前の鼻も耳も目も頭も赤いアザもみんな大、大、大、だーい好きだ。ばあちゃんはいつだってここにいる。つらかったらいつでもここに逃げといで。ここはお前の心の居場所だ。だからたった一つしかないものを無駄にするなよ」

数年後、大輔は大学を卒業して小学校の教師になった。

「僕のように心に傷を負った教師が学校に必要だと思う」と祖母に話したという。

いじめを苦にして自殺する子がいる。本当はいじめが苦しいのではないのかもしれない。その苦しさを分かってくれる人が誰もいないことが苦しくて、死を選ぶのではないだろうか。

子どもの心に寄り添える大人にならなくては…。

大人にできることは、ある。

3　ひと呼吸置くことの大切さ

ＮＨＫラジオ深夜便。朝４時からの番組で渡辺和子さんの声が流れていた。

渡辺さんは、父親が53歳、母親が44歳のときの子どもだった。妊娠がわかったとき、母親は出産をためらったそうだ。年齢も年齢だし、既に長女（22）は嫁に行き、身重の体だった。「孫と子どもが同じ年に生まれるなんて…」、恥じらいがあった。

「男が子どもを産むのはおかしいが、女が子どもを産むのに恥ずかしいことなどあるもんか。産んでおけ」と夫は言った。

「父のこの一言がなかったら、もしかしたら私は生まれていなかったかも」と渡辺さんは追憶する。

「産んでおけ」という言葉には、「産んでおくと何かの役に立つかも」とか「産んでおくと何かいいことがあるかも」というニュアンスを感じる。

9年後、それが現実となった。

1936年2月26日未明、十数人の青年将校が渡辺邸に押し入り、寝室にいた時の陸軍教育総監、渡辺錠太郎を襲撃した。銃弾に倒れた父の最期を、9歳の渡辺さんは部屋の片隅から見届けた。

「母でさえ父の最期を知らない。私は父を一人で死なせなかった。そのために父は私を産んでおいたのかもしれません」と言う渡辺さん、「二・二六事件」の貴重な生き証人となった。

それからの激動の時代、厳しい母親に育てられた。18歳のとき、初めて母親に反抗した。

それが後の渡辺さんの人生を運命づけることになる。キリスト教の教会で洗礼を受けたのだ。そして29歳のとき、修道院に入った。

「シスター」というと、人格的にも素晴らしくて、崇高な精神をお持ちの女性をイメージしてしまうが、シスターといえどもやっぱり人間で、怒ったり、くよくよしたり、愚痴ったりしていたそうだ。

アメリカの大学で博士号を取得したのち、渡辺さんは36歳という若さで岡山県にあるノートルダム清心女子大学の学長に就任した。

ある日、授業中におしゃべりをやめない学生にキレたことがある。「そこの学生、教室から出て行きなさい」と怒った。

怒ったら体が震え出し、声が出なくなった。

「怒りの感情が沸き起こったときは、ひと呼吸置くべきだった。怒るのではなく、注意をすればよかったのだ」と反省した。ふと、亡き母の声が聞こえた。
「そんなことで腹を立てるの？　それがあなたの人間の器の大きさですよ」
「私以外はみんな師。学ぶことばかりです」と、85歳になった今でも教壇に立つ渡辺さんは言う。

シスターでもキレることがあるんだと思った。しかし、そこでまたしっかり学んでご自身の心の器を広く大きくしている。そこが凡人と違うところかもしれない。

もう一つ、心に残ったエピソードがある。

学長時代、渡辺さんは毎朝学生にあいさつをしていたが、たまにあいさつを返さない学生に少々腹を立てていた。そんなことで嫌な気分になりたくないのに、ふつふつと出てくる感情が抑えられなかった。知り合いの神父に相談したら、いいことを教えてくれた。

「あいさつをしたのに返ってこない時、そのあいさつは無駄になっていない。にっこり微笑んだのに無視された。その微笑みも無駄になっていない。与えたのに返ってこないものは、全部『神様のポケット』に入っている」と。日本的にいえば、「徳を積む」ということだろうか。

「叱る」は「注意する」に近く、相手の将来を慮《おもんぱか》っての行為だろう。「怒り」は、自分の価値観や正義感と相反する事象が許せないという感情だ。だからどんな気持ちで、どんな言葉で怒るのか、難しい。

子どもが悪さをした時、昔の親は拳を「ハーッ」と温めてげんこつをしていた。あれはひと呼吸置いていたのだ。温かいげんこつは痛かったけれど、心が傷つくことはなかった。

「喜怒哀楽」という感情の中で、人間としての器が試されるのがこの「怒り」のようだ。感情が伴うときには、ひと呼吸置くといい。

4　人生のピンチに現れる天使がいる

32歳のその女性は実家に帰省するため、1歳の幼子を連れて新幹線に乗った。自由席の車両に乗り込んだが、車内は満席だった。リュックを背負い、スーツケースを持ち、さらに子どもを抱いていた。

女性はデッキに座り込んだ。そんな彼女に「こっちにいらっしゃい」と声を掛けた女性がいた。案内されたのはグリーン車だった。「ここに座って」と言って、切符を交換し、その人はデッキに立った。

実家に着いて女性は車内での出来事を母親に話した。

その3か月後のことである。今度はその女性の母親が上京するため、新幹線に乗った。自由席の車両に乗り込むと、席が一つしか空いてなかった。

後からベビーカーを押す若い女性が乗り込んできた。彼女はためらうことなく、その若い女性を手招きして、一つしかない席に座らせた。「娘が受けたご恩を少しお返しできた」と思った。

こんなエピソードもある。とある病院に入院していた70代の女性の話だ。

ちょうど花見の時期だった。ある日、嫁に行ったお孫さんがひ孫を連れてお見舞いに来た。お孫さんの手には桜の枝が挿してある花瓶があった。自宅の庭に咲いていたのを少し切って持ってきたという。

女性はベッドの上から花見をしながら、孫の優しい気持ちをしみじみと感じた。

次の日、病室に入ってきた若い看護師が、こんな頼みごとをした。

「その桜を貸してくださいませんか?」

訳を聞くと、「ほかの部屋の患者さんにも見せてあげたいと思いまして…」

女性は「そうだ、この病院には私のほかにも桜の花を見られない人がたくさんいるんだ。それなのに自分だけ喜んで…恥ずかしい」

しばらくして看護師が戻ってきて言った。

「皆さん、喜んでくれましたよ」

同じフロアの病室を訪ねて、お一人お一人に花瓶の桜を見せて回ったそうだ。忙しさの合間を縫ってこんな心配りをしてくれる看護師がいたことに、女性は胸が熱くなった。

中日新聞の愛知県内版で毎週日曜日に掲載されている人気コラム『ほろほろ通信』には、こんな心温まる話が掲載されている。

2006年4月にスタートして今年で7年目。執筆を担当している「プチ紳士・プチ淑女を探せ！」運動代表の志賀内泰弘さんが、これまで掲載した記事の中から99編を選んで、本にした。

題して『ようこそ感動指定席へ』（ごま書房新社）

「ほろほろ」とは、花びらや葉っぱ、そして涙が静かに零れ落ちる様のことをいうそうだ。実名で載せること、物語を重視し教訓話にしないことにこだわっている。

「すべて読者の方が体験した実話だからこそ、心の奥底にジーンと沁みます」と志賀内さん。

たくさんの人たちの感動する話に出合ってきて、志賀内さんは「いい話の法則」を見つけた。人が忘れられない感動の出合いをするとき、人間っていいなぁって思うとき、それは決まってピンチに遭遇したときだ。人生のピンチのときに天使が現れるというのだ。

40代の男性にはこんな思い出がある。

幼稚園の頃、母親を亡くし、父親と二人で暮らしていた。それを見かねた隣の奥さんが毎朝弁当を届けてくれるようになった。

大人になって父親からその話を聞いた。食費の代金を持って行っても「主人と息子の弁当のついでに作っているだけだから」と絶対に受け取らなかったという。

男性はこの話を投稿した。「あのときのお礼がしたい。ご健在だったら連絡してください」と書き添えた。

後日、「ほろほろ通信を読みました。私のことだと思いました。あの子が立派に成長していること、お弁当のことを忘れないでいてくれたことを知って涙が溢れました」というお便りが志賀内さんのもとに届き、翌週の紙面に掲載された。

誰の人生にもピンチは訪れる。そして誰の人生にも天使が舞い降りる。こんな話が本当の「情」報なんだろうなぁ。

5　娯楽をちゃんと楽しんでますか？

北朝鮮による拉致被害者の一人、蓮池薫さんの新刊本『拉致と決断』（新潮社）を読んだ。絶望のどん底で蓮池さんが見つけたかすかな光は、「ここで生きていくしかない」という悟りにも似たような諦めの境地に到達したことだった。

そして彼は「北朝鮮に帰化した在日朝鮮人」として生きていく決意をした。

その日から北朝鮮の人たちは憎悪の対象ではなくなった。彼の目には、悲しくも、切ない同胞たちの姿が映った。

北朝鮮の娯楽は国の統制下に置かれている。映画やお芝居の題材はすべて日本植民地時代の圧政と、それにたくましく抵抗する人民が革命に目覚めていくという物語ばかりだ。美術館にある絵画も、指導者崇拝か、革命・闘争をモチーフにしなければならない。庶民に許されている国内旅行は革命史蹟地を巡る旅。テレビで放映されるサッカーの国際大会は、すべて北朝鮮が勝った試合か、得点シーンのみが編集されて流される。

自由社会に生きる我々からすれば信じられないことばかりだが、いや、待てよ、日本もほんの一時期だったが、わずか数十年前に似たような時代があった。

昭和16年、社会情勢がキナ臭くなってきた10月30日、浅草・寿町にある本法寺に「はなし塚」が建立された。日本の伝統芸能の一つである落語が国の規制の対象となり、男女の色恋の話など、時局に合わない落語53編の台本が禁演落語として葬られたのだ。

古谷三敏著『寄席芸人伝』にこんな物語がある。

円枝と馬好という、二人の初老の師匠がつぶやいている。

「『子別れ』も演（や）れねぇなんて…」

「悪ィ世の中になったもんだ」

「それにしてもおたくの円治はいいねぇ。将来が楽しみだ」

「うん、日増しにうまくなりやがる。あいつの成長だけが楽しみだ」

「来年は真打ちでしょ?」

「そのつもりだ」

柳亭円枝の弟子・円治は、世間でも「百年に一人出るかどうかの逸材だ」と、評判になっていた。

ある日、寄席に来ていた一人の客が隣の客と話していた。「円治も不幸な時代に生まれ合わせたなぁ…。これだけは本人の努力ではどうしようもねぇ」

円治の家にも赤紙が届いたのだ。

駅のプラットホーム。近所の人たちの「万歳」に見送られて円治は戦地へ。「生きて帰ってこいよ」と言う師匠。汽車が見えなくなった後、師匠は泣き崩れる。

「なんで円治を取り上げるんだ。二度と出ねぇ噺家なのに」

馬好が慰める、「円枝さん、仕方ねぇよ。噺家ばかりじゃねぇ。腕のいい大工も、働きもんの百姓もみんな取られちまった」

円治はニューギニアにいた。地獄のようなところだった。いつ死ぬともわからない戦友たちに、円治は夜、落語を演（や）ることにした。兵士らは円治の落語を聞きながら内地に思いを馳せた。

ある夜、落語を演っている最中に上官が入ってきた。緊張する宿舎。

「すみません、中尉殿！」「かまわん。俺にも聞かせてくれ」

ネタは「はなし塚」に葬られた禁演落語が多かった。吉原の話で盛り上がった。上官が言った、「明日の夜、寄席をやるぞ。舞台を作り、後ろに幕を張れ。その後、宴会だ。貯蔵庫の食糧を全部出せ」

一瞬、兵士らの笑顔が消えた。ついに突撃の日が来たと察した。

その夜、円治は燃えた。花魁が男客を手玉に取る『五人廻し』を演った。聞く者をして吉原にいるかと思わしめる名人芸だった。

数日後、米軍兵は不思議な日本兵の遺体を見つけた。その兵隊の手には銃ではなく、扇子と手ぬぐいがしっかり握りしめられていた、という物語。

昭和21年9月30日、「はなし塚」の前で禁演落語復活祭が行われ、それまで納められていたものに替えて、戦時中の台本が納められたそうだ。

自由な日常の中にある娯楽、それを心から楽しめるこの社会は、実にありがたい。

6　心に刻んでおきたい通過儀礼

子どもが生まれてひと月ほどして神社にお宮参りに行く。

七五三のお祝いのとき、神社に詣でて、宮司に祝詞をあげてもらう。

そんな経験をしたご家族って多いのでないだろうか。それはきっと信仰心からではなく、それらの行事が日本人の伝統的な通過儀礼だからだろう。

しかし、成人の日に晴れ着姿で成人式に出席した人はいても、神社に詣でた新成人はほとんどいないのでないだろうか。

『生命尊重ニュース』という月刊小冊子を読んでいたら、0歳のときのお宮参りから成人式まで、1本の線で繋がっているという話が載っていた。

はじめて知った。福岡県にある金剛寺（真言宗）の住職、山本英照さんの話である。

子どもは授かりものだから、授かったらまず神さまにお礼に行き、そして「この子を一所懸命育てます」と報告行くのがお宮参り。

さらに、3歳まで、5歳まで、7歳まで、それぞれの節目に「あの子がこんなに大きくなりましたよ」と神さまに見せにいくのが七五三。

そして、子どもとしてのお参りの最後が20歳の成人式なのだそうだ。

だから成人式も七五三のときと同様、晴れ着を子どもに着せる。そして立派に成長したその姿を、親が神さまにお見せするというのである。

そういう考え方や風習がいつの間にか、今の日本人に受け継がれなくなった。「20歳になったから大人の仲間入り」みたいな感覚でしか我々は成人式というものを捉えていなかったように思う。

山本和尚が、ある高校で講演したことがあった。毎年10人以上の生徒が九州大学に合格するほどの、偏差値の高い高校である。

生徒たちに「お釈迦さまを知ってますか?」と聞いたところ、300人中、手を挙げたのは3人だった。

「300人もおってお釈迦さまを3人しか知らないとは…。世界三大宗教の名前は知っているのにお釈迦様を知らないなんて恥ずべきことです」みたいなことを言った。

元々頭のいい子たちだから、そんなことを言われて悔しかったのだろう。講演の後、数名の生徒が控室にやってきてこう言った。

「言い訳させてください。うちの親がお墓参りに行く姿を見たことがないんです。家の中で手を合わせる姿も見たことがありません。僕たちはそんな環境の中で育っているんです」と。

いかにも優等生っぽい言い訳だった。

それから、ちょっと耳の痛い話が載っていた。

「母死んで拝む両手があるならば、生きているうちに肩ひとつ揉め」

仏前で手を合わせて「ナムマイダ」と唱えるのは誰でもできるけど、生きている親のためにどれだけこの両手を使っているか、という話である。

もう一つ、「最近、家族葬でいいとか、密葬にしてくれと、子どもに頼んでいる人がいるけど、とんでもない間違いです。葬式とは残った人のためにやるんです」

葬儀のとき、故人にお世話になったという人たちが弔問にやってくる。世話になったのは家族だけではない。半世紀以上も生きていると、家族の知らないところでたくさんの人のお役に立ってきたはず。残った家族はそのことをしっかり心に刻む。それが葬式をやる意味なのだ。家族葬や密葬にしてしまうと、お線香立てて「ありがとうございました」とお礼を言わなければ気が済まないという人たちが、それができない。

ただ、怖いのは、「葬式を見るとその人がどんな生き方をしてきたかが一発でわかります。一発ですよ」と山本和尚は言う。

「死にざま＝生きざま」とよくいわれる所以である。

もう一つ、この話も耳が痛かった。

「オギャーと生まれたら横一線で子育てが始まります。10年経ったら小学4年生になりますが、そこで子どもたちに差が出てきます。それは子どもたちの差ではありません。育てた親の差です」

心に刻んでおきたい話だ。その差を引きずって生きていくのは親ではなく子どもたちなのだから。

7　受験にむかない子と真摯に…

長年、経営コンサルタントとして、世の中の構造と人間の正しいありかたを研究してきた船井総合研究所の創業者・船井幸雄さんが、その本質的な問題を学び、実践する団体として「にんげんクラブ」を作った。

その「にんげんクラブ」の機関誌に瀧澤仁という学習塾の塾長が毎回レポートを寄せている。これがなかなか面白い。1月号は「受験にむく子とむかない子」だった。

受験というのは、人間の、特に成人前の子どもたちの知性や能力を評価するために取り入れた社会システムの一つだ。このシステムに、瀧澤さんは「むく子」と「むかない子」

がいると、たくさんの子どもたちを見て感じるようになった。

たとえば、「むく子」はこういう子たちだ。

①負けず嫌いで、常に勝ち負けや順位を気にする子
②プライドが高い子
③ランク付けを自分の励みにできる子
④先生や大人に言われたことを「そういうものだ」と聞くことができる子
⑤システムに順応する力が高い子。

一方、受験に「むかない子」は次のようなタイプだそうだ。

①勝ち負けや順位を気にしない子
②いくら「勉強しなさい」と言われてもやらない子
③「勉強しないと将来困るぞ！」という脅しが全く効かない子
④大人の言うことを鵜呑みにしない子

⑤自分の頭で考えて納得しないとやらない子
⑥「どうして？」「なぜ？」という質問をしてくる子。

瀧澤さんは、別にどっちがいいと言っているわけではない。

ただ傾向として、「むく子」は親や先生から褒められることが多く、「むかない子」は叱られることが多い。「むく子」は頭も含め人格的にもいい子と思われていて、「むかない子」は人間性も含めて問題児と思われていることが多い。


どうも「むかない子」は常に不利な立場にいるようだ。


面白いことに、瀧澤さんの塾にはその「受験にむかない子」ばかりが入ってくるという。

そんな子どもたちばかり見てきた瀧澤さんはこう思うようになった。

「この子たちは決して問題があったり、劣っている子ではなく、むしろ進化した子であり、底力のある子。この子たちに今の教育システムがついてこれていないだけ」

つまり、「なんでそうなるんですか?」とか「どうしてそうなっているんですか?」という質問にいちいち対応する教育システムというか、授業のあり方をこの国は導入していない。だから、「むかない子」にとって授業は益々面白くなくなっていくし、成績は下がっていく。

たとえば、「植物の葉っぱが緑色をしているのは葉緑体が緑色だからです」と教えられたら、「葉緑体が緑色だから葉っぱは緑色だ」と覚えればいいのに、「底なしの好奇心に満ち溢れている子」は、なぜ葉緑体が青ではなく緑なのかが気になる。しかし、先生はそういう話をしないので、授業についていけなくなる。

そういう子に瀧澤さんは光合成の仕組みを説明する。葉っぱにある葉緑素は、光を浴びると「光の三原色」のうち、青系の光と赤の光を吸収して光合成を行う。しかし、緑系の光は吸収されずに残ってしまう。だから、葉っぱは緑色に見えるのだ、と。

「底なしの好奇心に満ち溢れている子」はこの話を聞いて、「へぇ〜面白い」となる。

「むかない子」は、頭の悪い子ではなく今の教育システムに合った頭の使い方ができないだけなのかもしれない。なのに成績の順位が下のほうの彼らは、問題児扱いされたり、場合によっては不登校になったりする。

瀧澤さんは言う、「彼らは、自分が納得して決めたことはやるので真摯に向き合い、しっかり話せばわかってくれます。適度に力を抜いて接したほうがいい親子関係がつくれます」

8　モノに名前を付けて呼んでみる

フミちゃんが机から落ちた。それまで元気だったのに、突然動かなくなった。先週のことだ。コードが引っかかって落ちたのだ。

「大丈夫か！　フミちゃん」

口に出すのはちょっと気恥ずかしかったので心の中で叫んだ。

「フミちゃん」とは、愛用のノートパソコンの名前。「ＦＭ－Ｖ」なので「フミちゃん」と呼んでいた。

フミちゃんは仕事のパートナーである。講演会には必ず連れて行く。机から落ちたときは講演開始20分前だった。一瞬、頭の中が真っ白になった。準備してきた講演内容がすべてフミちゃんの中に入っていたからだ。

フミちゃんを抱えて控室に戻り、強制終了ボタンを押してしばらく休ませた。そして再びスイッチを入れた。立ち上がりが悪い。いつもと違う画面が出てきた。再び強制終了させ、三度目のスイッチを入れた。

そのときだった。リング上でダウンしたボクサーがロープにつかまりながらゆっくり立ち上がるように、フミちゃんは立ち上がった。背後から映画『ロッキー』のテーマソングが流れているようだった。

「フミちゃん、ガンバレ!」、心の中で声援を送った。

講演開始5分前にフミちゃんは完全復活し、またファイティングポーズを取った。軽い脳振とうだったのかもしれない。

フミちゃんを抱いて、控室から講演会場に向かった。講演は滞りなく終わった。病み上がりの体でフミちゃんはしっかり仕事をしてくれた。

エッセイストの志賀内泰弘さんの著書『教育革命～塾が作った学校の挑戦』（ＰＨＰ出版）の中に、ボールに名前を付けた話が紹介されている。

鹿児島市にある池田学園の学園長・池田弘さんが、まだ小学校の教諭をしていたときの話である。

池田先生が受け持っていた小学5年生のクラスにはドッジボールが2個あった。子どもたちは休み時間にいつもそのボールで遊んでいた。

休み時間終了のチャイムが鳴ると、子どもたちは一斉に教室に戻る。その際、「誰かが持ってきてくるだろう」という依存心からか、ボールは片付けられずに校庭に転がっていることが多かった。

池田先生はホームルームでこの問題を取り上げた。議題は「どうしたらちゃんと片付けができるか」

いろんな意見が出たが、最終的に「校庭に持ち出した人が持ち帰るというルールにしよう」ということになり、「それに違反したら罰則を設けよう」ということにもなった。しかし、守られたのは最初だけで、いつのまにかまた元に戻ってしまった。

数日後のホームルーム、再びこの問題で話し合った。

双子の女の子の一人が「ボールに名前を付けたらいいと思います」と言った。議題と関係ない意見だったので、一瞬、場がシラケた。

そのとき、双子のもう一人の子が大きな声で「賛成！」と言って拍手した。そしたらみんなつられて拍手した。何となく「名前を付ける」に決まってしまった。

池田先生は何も言わず、じっと様子を見ていた。男子用のボールには「ピョン太」、女子用は「ピョン子」と名付けられ、マジックペンでボールにその名前が書かれた。

それから予期せぬことが起きた。休み時間が終わると、誰かが必ずボールを教室に持ち帰るようになったのだ。それだけではない。汚れていると誰かが拭いてきれいにした。ボールに、「ピョン太」「ピョン子」と話し掛ける子も現れた。誰かがボールを入れる袋を作って持ってきた。

もうボールはすっかりクラスの一員になっていた。

これを読んで愛用のモノに名前を付けるようになった。最近我が家にやってきたお掃除ロボットは「日和《ひより》ちゃん」と命名。走行距離15万キロを超えた我が家のミニバンは「ノアじいさん」。人間で言うと80歳くらいだろうか、今も元気に働いてくれる。

名前を付けると、モノがもはやモノではなくなる。命が吹き込まれるようだ。だから「命名」というのだろう。

9　心を込めて「いただきます」「ごちそうさま」を

その絵本の帯に、一人の名も無い主婦のメッセージが書かれていた。

「朗読を聴いて、うちのムスメが食事を残さなくなりました」

その絵本に食肉加工センターの「坂本さん」という人が登場する。実在の人物である。

坂本さんの職場では毎日毎日たくさんの牛が殺され、その肉が市場に卸されている。

牛を殺すとき、牛と目が合う。そのたびに坂本さんは、「いつかこの仕事をやめよう」と思っていた。

ある日の夕方、牛を荷台に乗せた一台のトラックがやってきた。

「明日の牛か…」と坂本さんは思った。

しかし、いつまで経っても荷台から牛が降りてこない。不思議に思って覗いてみると、10歳くらいの女の子が、牛のお腹をさすりながら何か話し掛けている。その声が聞こえてきた。

「みいちゃん、ごめんねぇ。みいちゃん、ごめんねぇ…」

坂本さんは思った、「見なきゃよかった」

女の子のおじいちゃんが坂本さんに頭を下げた。

「みいちゃんはこの孫と一緒に育てました。だけん、ずっとうちに置いとくつもりでした。ばってん、みいちゃんば売らんと、お正月が来んとです。明日はよろしくお願いします…」

「もうできん。もうこの仕事はやめよう」と思った坂本さん、明日の仕事は休むことにした。家に帰ってから、そのことを小学生の息子のしのぶ君に話した。しのぶ君はじっと聞いていた。

一緒にお風呂に入ったとき、しのぶ君は父親に言った。

「やっぱりお父さんがしてやってよ。心の無か人がしたら牛が苦しむけん」

しかし坂本さんは休むと決めていた。

翌日、学校に行く前に、しのぶ君はもう一度言った。

「お父さん、今日は行かなんよ！（行かないといけないよ）」

坂本さんの心が揺れた。そしてしぶしぶ仕事場へと車を走らせた。

牛舎に入った。坂本さんを見ると、他の牛と同じようにみいちゃんも角を下げて威嚇するポーズをとった。

「みいちゃん、ごめんよう。みいちゃんが肉にならんとみんなが困るけん。ごめんよう」と言うと、みいちゃんは坂本さんに首をこすり付けてきた。

殺すとき、動いて急所をはずすと牛は苦しむ。坂本さんが「じっとしとけよ、じっとしとけよ」と言うと、みいちゃんは動かなくなった。

次の瞬間、みいちゃんの目から大きな涙がこぼれ落ちた。牛の涙を坂本さんは初めて見た。

その小学校（熊本県）では、助産師として日々キラキラと輝く命の誕生の瞬間に立ち会っている内田美智子さん（福岡県行橋市）と、酪農家が心を込めて育てた牛を毎日解体している坂本さんのお二人をお招きして、「いのち」のお話を聴くという授業をしたのだった。

その絵本は、坂本さんの話を聴いて感動した内田さんが、坂本さんにお願いして出版させてもらったのだそうだ。

その『いのちをいただく』(西日本新聞社) のあとがきに、内田さんはこう書いている。

「私たちは奪われた命の意味も考えず、毎日肉を食べています。自分で直接手を汚すこともなく、坂本さんのような方々の悲しみも苦しみも知らず、肉を食べています。『いただきます』『ごちそうさま』も言わずにご飯を食べることは私たちには許されないことです。感謝しないで食べるなんて許されないことです。食べ残すなんてもってのほかです…」

坂本さんも、内田さんも、ステキな人なんだろうけど、このお二人を呼んだ小学校もステキな学校だなぁと思う。

今日いただくいのちに…合掌。

10　誰かのためだったら諦めない

「目標」と「目的」は、とてもよく似た日本語だが、意味は全然違う。目標とは「○○に向かって」であり、目的とは「○○のために」だ。

卒業式のとき、来賓として招待される教育委員会の先生や、校長先生のお祝いのメッセージの中に、「卒業生の皆さん、これから明確な目標を持って生きてください」という話をよく聞くことがある。

もちろん明確な目標を持つことは大事だ。ただ、目標だけあって、目的がなかったら、さまざまな困難にぶつかったとき、安易にその目標を断念してしまう。

しかし、目標と同時に目的を持っていたら、それがとても大きな力になる。
このことをクロスカントリースキーの日本代表選手、新田佳浩さんが教えてくれた。

新田さんは、岡山県西粟倉村という、冬場は雪の多い山あいの村に生まれた。家は代々続く米農家だ。

3歳のとき、おじいちゃんが運転する農機具のコンバインに左手を巻き込まれ、肘から先を失った。以来、障がい者としての運命を背負うことになる。

翌年の4歳からスキーを始めた。小学校に入るとクロスカントリースキーに夢中になった。3年生のときに初めて参加した地元の大会で優勝。その後、県大会でも優勝するなど、小学校卒業するまで4つの優勝トロフィを手にした。

しかし、中学になって壁にぶち当たった。両手でストックを使う健常者の選手に勝てなくなったのだ。最初の挫折だった。中学3年のとき、スキーをやめた。

転機は高校1年のとき訪れた。2年後に迫った長野パラリンピックの関係者が出場を勧めに来たのだ。健常者と競ってきた新田さんは、障がい者スポーツに興味を示さなかった。しかし、関係者に見せられたビデオに釘付けになった。新田さんと同じ左手のないドイツの選手が障がい者とは思えない速さで滑っていた。

元々実力のあった新田さん、長野パラリンピックでは8位、翌年の世界選手権で優勝、そしてソルトレイクパラリンピックでは銅メダルを獲得した。

4年後のトリノパラリンピックでの金メダルは確実視されていた。

そのためにスタッフは、新田さんの身体のハンディを科学的に分析し、腰の高さ、膝の角度など、右手一本でも健常者並にスピードが出るフォームを3年かけて作り上げた。

確実に金メダルに向かっていた。

そして迎えた3度目のパラリンピック、トリノ大会。競技中、考えられないアクシデントが起こった。

バランスを崩して転倒してしまったのだ。片手なのですぐに起き上がれなかった。大敗だった。

トリノから自宅に戻った新田さん、家にひきこもってしまった。

家にはおじいちゃんがいた。自分の運転するコンバインで、可愛い孫が片腕を失った。事故直後、息子であり、新田選手の父親である茂さんにおじいちゃんはこう言った。

「この子と一緒にわしは死ぬ」

その後もずっとおじいちゃんは自分を責め続けてきた。そのことをいつしか新田さんも気づくようになった。

家の中にいるおじいちゃんを見て、目的を見失っていたことに気付いた。目標はいつも「金メダル」だった。しかし、何のための金メダルなのか忘れていた。

以前、金メダルを取っておじいちゃんに掛けてあげて、「おじいちゃんは俺にとって最高のおじいちゃんだよ」と言ってあげることが夢だったことを思い出した。

「目標は金メダル、目的はおじいちゃんのために」を胸に、新田選手は4度目のパラリンピック、バンクーバー大会に挑んだ。

29歳になっていた。

そして、10キロコースと1キロコースで、2個の金メダルを獲得し、凱旋した。実家に戻った新田選手は、92歳になったおじいちゃんの首に2個の金メダルを掛けた。

何かに挑戦しようとするとき、「誰かのために」という目的があると、人は諦めない。すごい力を発揮する。きっとそれが愛の力だからだろう。

11　編集長祝辞。卒業生起立。礼。

小学6年生の皆さん、中学3年生、高校3年生の諸君、そして大学4年生の君、卒業おめでとう。君たちの成長を心から祝福します。

胸をときめかせて入学したときは、まさかこの学校を卒業する日が来るなんて思ってもみなかったと思います。

しかし、時間の流れは正確です。6歳の子は6年経てば12歳、12歳の子は3年経てば15歳に、そして15歳の子は18歳になります。

この時間の流れには、天皇陛下も、AKB48の女の子たちも、そして君たちも、逆らうことはできません。

ちなみに、18歳の君は60年後には78歳のおじいさんおばあさんです。これも間違いありません。ただし、一つだけ条件があります。それは「生きてこそ」です。生きてこそ、おじいさんおばあさんになれるのです。

年を取ることは「老いる」ともいわれ、何となくマイナスイメージがありますが、本当は「年を重ねる」という表現がありますように、年を取ることは引き算ではなく、足し算なのです。

いろんな経験をプラスさせていくのです。

人生の目標はおじいさんおばあさんになること。その素晴らしき哉、人生の理想に向かって、どんなことがあっても生き抜いてください。

ただ一つ、年を重ねていく毎に失うものがあります。それは可能性というものです。大人になるにつれて断念しなければならない夢や、これから新しいことに挑戦しようと思っても目の前に立ちはだかる壁にぶち当たり、それを諦めなければならないことが多々あります。

しかし、若い君たちはそうではありません。

君たちはいろんな可能性を秘めています。

「秘めている」ということは、親も先生も、君たち自身も、自分の可能性を知らないのです。

そして、せっかく持っている可能性を秘めたまま年を取っていく人が多いのもまた現実です。そういう人を見て、人々は「老いる」と言うのかもしれませんね。

では、どうやったら、自分に秘められている可能性を最大限に引き出し、発揮することができるのでしょうか。

それは、今、社会の中で自分の可能性を引き出して、いろんなことに挑戦し、輝いている人から学ぶことができます。

中嶋千尋という女子プロゴルファーを知っていますか。彼女たちが参加するゴルフのツアートーナメントにはいつも約100人の選手が挑戦するそうです。もちろん、優勝できるのは1人だけです。つまり、優勝できる確率はわずか1%です。そのきびしい現実に対して、中嶋さんはこう言っています。

「プロのスポーツ選手って確率が1%もあれば、『できる!』と思うんです」

若者の間で大人気の小説家・山田悠介さんは19歳のとき、アルバイトをしていました。書くことが好きだった彼は頭の中に浮かんだ空想物語を文章にしました。

小説は書き上がりましたが、作家でもない彼の作品を本にしてくれる出版社などありません。彼は借金して自費出版で本を作りました。それが後のベストセラー『リアル鬼ごっこ』です。

「好きなこと」が成功に繋がる前にあるのは「やってみたい」という強い想いです。これを見逃したら「好きなこと」はやがて消えていきます。

大人は言います、「そんなことして、もし失敗したらどうするの？」って。

でも、１００％勝てると分かっている試合に勝って何の喜びがあるでしょうか。君が本当にやりたいのなら、たとえ勝算が１％の確率しかなくてもやったらいいのです。

それを「挑戦」といいます。

そして失敗しましょう。たくさん悔しい涙を流しましょう。

失敗していいのです。もしうまくいったら大きくガッツポーズをして「ありがとうございます」と叫びましょう。

もしうまくいかなかったときは小さくガッツポーズをして、『天才バカボン』のお父さんの、あの名台詞をつぶやきましょう。

「これで…いいのだ！」と。

そこから君の可能性の芽が出てくるのです。

第3章

“すごくいい話”は世代を超えて“じん”とくる

〜魂の編集長の心が震えた！〜

1　震災はずっと今も続いている

心に病を抱えていたり、精神的にひどく落ち込んでいるとき、「頑張って」と言われると、余計つらくなる。どう頑張ったらいいのかわからないからだ。だから、そういう人には「頑張って」と言わないほうがいい。

そんなことくらい精神科医の桑山紀彦さんは知っていた。しかし自分が絶望のどん底を味わってみて、「人間の心は変化する」ということに気がついた。

ある時期を越えると、「頑張って」という言葉に、「そうだな。頑張ろうかな」と思えるようになっていったという。精神科医として貴重な体験だったと桑山さんは言う。

宮城県名取市でクリニックを開業する傍ら、ＮＰＯ法人「地球のステージ」代表として桑山さんは途上国や紛争地域に医療ボランティアに出掛けたり、シンガーソングライターとして、自作の平和の歌やいのちの歌を歌っている。

2年前の3月11日は、埼玉県の中学校でスクールコンサートをやっていた。大きな揺れに生徒たちは緊急避難、コンサートは中止になった。

宮城まで帰る道すがら、病院のスタッフと連絡が取れない。嫌な予感がした。あちこちの道路が寸断されていた。東北が近づくにつれ、風景がどんどんひどくなっていくのを目の当たりにし、運転しながら涙が止まらなくなった。裏道を走り9時間かかって、深夜1時過ぎに病院に辿り着いた。

病院は海岸沿いにあった。水浸しになっている床を見て津波が来たことを知った。近所の他の4軒の病院のうち3軒が倒壊、1軒は水没、桑山さんの病院だけが奇跡的に残っていた。

一夜明けた3月12日の朝は快晴だった。晴れ渡る青空の下で、桑山さんは「もうここで病院はできないだろう。30年の病院のローンはどうしよう。未来はもうない。すべて終わった」と思った。

「あの悲しい青空を一生忘れない」と振り返る桑山さんの話を、NHKのラジオ番組で聴いた。3年前、桑山さんの講演を取材して、その内容を連載していたのでラジオを聴いて驚いた。

「どん底の僕を救ったのは病院の仲間たちだった。彼らと一緒に立ち上がれば何とかなるかもしれないと思った」と桑山さんは話していた。

水も電気もない中、午前9時、いつものように病院を開けた。そのとき、近所の人たちが押し寄せてきた。みんなずぶ濡れだった。

「病院が開いててよかった」という声が聞こえた。

「開けてよかった。これが病院の役割だ。やれるところまでやってみよう」と桑山さんは思った。その瞬間、経営ができるかどうかの不安が吹っ飛んだ。

「あのときの心の逆転劇はすごかった」と当時を振り返った桑山さんは語っていた。

病院の診察室にいるだけでは駄目だと、桑山さんは再び「地球のステージ」の活動を再開させた。そして、歌の合間に被災地で出会った人たちの物語を紹介している。

ある漁師は、一大決心をして父親の後を継いだ。しかし、譲り受けた船は山の方に流され、大きな穴が空いていた。

「海に裏切られた。もう漁に出る気持ちになれない」と言っていたが、数か月後には、「船を修理してもう一度海に出ようかと思っている」と話し始めた。

自分の店と婚約者を同時に失った男性は7月11日、瓦礫の中から彼女にもらった腕時計を見つけた。４か月間、腕時計は瓦礫の中で動いていた。

「天国に逝った彼女からまたプレゼントしてもらった気がする。もう一度店をやろうと思う」と桑山さんに語った。

桑山さんは言う、「『もう一度やってみよう』という復活のドラマがゆっくりと始まっています」と。

毎年必ず3月11日はやってくる。そして私たち日本人は被災地に思いを馳せる。

ある日、「東北のテレビは毎日被災地の現状を報道していますよ」というメールが来た。胸が痛んだ。

遠く離れていると、つい「3月11日」の出来事だけを思い浮かべるが、被災地の人にとっての震災は、あの日からずっと続いているのだ。

2　お世話になったと感じる心を

卒業式のシーズンだ。卒業式といえば、定番曲は『仰げば尊し』だが、これ、随分前から歌わなくなった学校が結構ある。

理由は、「自分たちはそれほど尊敬されるような師ではない」と学校の先生たちが自粛したり、保護者からは「教師への尊敬を強要している」という声が上がったり、その他、いろいろあるらしい。

ちなみに数年前、四国新聞社が香川県内の学校で調べたところ、「歌う」と回答した学校は約３００校のうち19％の57校だったそうだ。

元々は外国の曲だった。それを和訳した明治の日本人は「卒業しても教育を受けたことの恩を忘れるな」という気持ちを子どもたちに伝えたかったという。

「恩」を英約しようとすると、「義務」とか「責務」「恩恵」「好意」「親切」という意味の英単語が出てくる。だが日本人にとっての「恩」は、それでは言い表しきれていないように思う。

簡単に言うと「お世話になった人への感謝の気持ち」というものだろう。たとえば、「我が師の恩」という場合、教師が生徒に教育を施したり、面倒をみるのは仕事である。それに対して「お世話になった」と感じるか感じないかというのは、個々の感受性の問題で、感じない人にとって、あの歌は「恩着せがましい」歌にしか聞こえないのかもしれない。

先日、倫理法人会が主催している朝6時からのセミナーに参加した。いつもは会員の誰それが講師になってスピーチをするのだが、その日は、新潟県内で11の薬局を開局している㈱メディック太陽取締役会長の上村國喜さん（72）の経営体験をＤＶＤで学ぶというものだった。

上村さんは会社が行き詰っていたときの話をされた。社員の交通事故、売上金の使い込み、薬の不正売買で逮捕される社員まで出た。

上村さんは倫理法人会の先輩に相談すると、その先輩は「四つの恩」の話をしてくれた。「生んでくれた恩、育ててくれた恩、教育してくれた恩、そして仕事を教えてくれた恩、この四つの恩に報いていないと必ず行き詰まりますよ」と。

一人の人物の顔が上村さんの脳裏を横切った。

上村さんは高校卒業後、長岡市内にある小村庄平薬局に入社した。江戸時代から続く薬問屋の老舗だった。社長宅に住み込み、昼は営業、夜は大学に通わせてもらった。上村さんは社長が最も期待する若手の一人だった。

入社から8年、社内の体質に不満を感じた上村さんは辞表を出した。そして同じ業種の薬屋を立ち上げた。昭和43年、好景気の時代だった。

これまで培った営業力で新会社は急成長していった。

上村さんの脳裏をかすめたのは、若い頃、仕事を一から教えてくれた小村社長だった。その人を裏切る形で、独立した。

小村社長は既に他界していた。そのことを先輩に話すと、「墓参りでもしたらどうだ」と言われた。

毎月、月命日に墓参りをするようになった。数か月が経った頃、その寺の住職に声を掛けられ、墓参りしている訳を話した。

住職は「仏壇に手を合わせたらどうでしょう」と言った。退職して以来、遠ざかっていた小村社長の自宅を、一大決心して訪ねた。出迎えた小村夫人は一目見るなり、「上村君…」と言ったきり、次の言葉が出てこなかった。

仏壇に通された。小村社長の遺影を見た瞬間、上村さんの目に涙が溢れた。涙は止めどもなく流れた。しばくして落ち着いたとき、顔を上げたら横に小村夫人がいた。

夫人は言った。「将来有望な社員が辞めて主人はずっと落ち込んでいました。でも今日訪ねてきてくれて、これまでのいろんなわだかまりが全部消えました」

その後、上村さんの会社は当時珍しかった医薬分業システムを導入し、調剤薬局を展開するという次のステージに上がった。

人は、人生の節目にふとお世話になった人を思い出す。しかし、「お世話になった」と感じる心がないと、四つの恩に気づかず、人生の逆境を乗り越えることができないことがあるのではないかと思う。

肝に深く銘じた話だった。

3　最初はグーなら最後もグー

「私はじゃんけんが強いんですよ」と豪語する人がいる。その大半はきっと錯覚だろう。過去にじゃんけんで勝って大きなご褒美をもらったことが強烈に記憶に残っていて、負けたことはほとんど忘れている人ではないかと思う。

素晴らしく前向きに生きている人である。

じゃんけんのような勝負を決める手段は世界中にあるそうだが、初めに「最初はグー」と声を揃えて言うのは日本人だけだそうだ。

この「最初はグー」と声を揃える人たちが、ある時期を境にじわじわと増え続け、その勢力は親から子へと伝わり、今や「いきなりじゃんけん」派の人口を超えていると言われている。

その「ある時期」とは伝説のお笑い番組『8時だヨ！全員集合』の全盛期である。あの番組の中で志村けんが使っていたのだ。

事の発端は、番組終了後にみんなで飲みに行ったとき、最後に誰が支払いをするかをじゃんけんで決めていた。みんな酔っ払っているので後出しする人もいた。

そこで志村けんが「最初はグーだよ」と号令を掛け、「最初はグー！　ジャンケンポン！」とやったところ、全員の呼吸が揃い、後出しがなくなった。

その後、ネタとして番組の中で使い出したら、またたく間に全国に広がった。なにせあの番組の視聴率は全盛期には40％～50％もあった。国民への影響力が如何に大きかったが分かる。

じゃんけんについてネット検索してみたら、まじめにじゃんけんの研究をしている人の書き込みを見つけた。じゃんけんとは、物理的心理的な戦いであるというのだ。

戦いに挑もうとするとき、人間は無意識に拳を握る。つまり、グーは機能的に一番出やすい手なのだ。

そして人間の心理として、同じものを2回続けて出すのは多少違和感があるので、「最初はグー」の次はパーとチョキの勝負になる。だから、チョキを出せば勝算は高くなるという。

冒頭に「じゃんけんが強いのは錯覚」と書いたが、この構図を知っている人は本当に強い。

さて、ここから本題。「最初はグー」という掛け声に対して、「さいごはグー」というキャッチコピーを見つけた。ある日の朝刊に全面広告を出していた「日本いのちの花協会」のキャッチコピーだ。おばあちゃんの顔が紙面全体に大きく載っていて、その横に「さいごはグー。」とあった。

なんて素敵なコピーなんだろう。

「人生を最期まで豊かに全うできるように。老いても病んでいても、人間としての尊厳が守られるように。『さいごはグー。』、ひとりでも多くの方に、そうあっていただけますように…。」と書かれてあった。

そうだ、人生の最初が「グー（Good）」ならば、人生の最後も「グー（Good）」でありたい。

何が原因で亡くなったかではなく、どういう気持ちで、どういう人生を生き抜いたかが大事なのだと思う。人生いろんなことがあったけど、最後はグー、すなわち、ＧＯＯＤで終わりたい。

日本人なら「グッド」と言いたいところだが、そこは「グー」と発音しよう。

先週、津波研究家の山下文男さん死亡の新聞記事を読んだ。津波のときはてんでに（ばらばらに）逃げろという意味の「津波てんでんこ」という言葉を広めた人である。

人の不幸を笑うのは不謹慎だが、記事を読んでクスっとしてしまった。

山下文男さんは、岩手県旧綾里村（現在の大船渡市）の出身で、綾里村は、津波災害を繰り返し受けてきた地域だった。

1896年（明治29年）には、「明治の大津波」が発生し、祖母らが亡くなった。1933年（昭和8年）には、「昭和の三陸大津波」を経験した。9歳だった山下さんは必死で高台に逃れ、九死に一生を得た。

その経験もあって津波の研究家になり、多くの本も書いた。

今回の津波のときは病院の4階に入院していて、津波の直撃を受け、カーテンにしがみついて助かった。衣服は流され、救出されたときは全裸だったそうだ。

「津波てんでんこ」を広めた本人は逃げなかった。「なぜ逃げなかったんですか？」との質問に、「だって津波を見たいじゃないですか」と。さすが津波研究家。

その後、山下さんは退院し、2011年の12月に亡くなった。87歳だった。

「最後はグー」と言っていい人じゃないだろうか。

4　あなたは通じる人ですか？

『花の冠』と『海の石』。宮城県仙台市に住む友人から、この2冊の詩集が編集部に届いた。詩人・大越桂さんの詩集だ。

「あっ、これ、もしかして…あの詩集だ」と言いたいところだが、恥ずかしながら、野田総理（当時）が所信表明演説の最後のところで引用した詩集だということは、プロローグを読んで初めて知った。

総理が引用したのは「花の冠」という詩の一部。

嬉しいなというたびに
私の言葉は花になる
だから　あったらいいなの種をまこう
小さな小さな種だって　君と一緒に育てれば　大きな大きな花になる

東日本大震災から1か月経った4月のある日、仙台市在住の音楽家から「震災の応援歌を作りたいので、詩を書いてください」と依頼された。

桂さんは、「地震」や「津波」や「がんばろう」という言葉を入れないで、優しい歌にしたいという趣旨に共感して引き受けた。出来上がった詩に曲が付けられ、その月の下旬、仙台の復興支援コンサートで歌われた。

桂さんは仙台市在住の23歳の女性である。生まれたときから重度の脳性まひがある。そのため体が自在に動かない。強い弱視のため、自分の目で見える自分の体は自分の爪だけ。ほかにいろいろな病気をして、10回以上も手術をした。「自分が今生きていることは奇跡です」と桂さんは言う。

「言う」といっても、彼女はしゃべれない。13歳まで「あー」とか「うー」しか発することができなかった。それまで重い肺炎を何度も患った。

肺炎を防ぐために気管切開の手術をした。何か言いたいことがあるときは、「あー」とか「うー」と声を絞り出して主張してきたのに、ついに、その声さえも失った。

それから始めたのが筆談だ。初めて自分の名前を書いた。

「か」のカーブがうまく書けなかった。筋肉が緊張して腕が違うほうに行ってしまうのだ。「かつら」と書くのに10分かかった。その疲労で嘔吐した。しかし、筆談でコミュニケーションが出来ると分かった日、彼女は嬉しくて、嬉しくて、眠れなかったという。

それまで桂さんは3歳くらいの知能だと思われていた。本のプロローグにこう書いてある。

「私にはみんなが話すことはほとんど分かっていました。でもコミュニケーションの手段がありませんでした。…これで『石』でなくなる。これで『通じる人』になれる…」

「海の石」という詩は、かつての自分のことだった。自分は誰にも見つけてもらえない「海の底の石」だったと。

毎日、文字を書く練習をした。最初に書いた文字は「つめ」「ピンク」「みつこし」。これは「三越デパートに行ってピンクのマニキュアを買ってきて」というメッセージだった。爪は自分で見える唯一の自分の体。伸びてくる爪を見て、「自分は今生きている」と感じていたそうだ。その大好きな爪をピンクに塗りたかった、と。

宮崎市に住む坂中明子さんも、コミュニケーションの手段がなかった時期がある。二十歳のとき、医療ミスで突然全身まひになった。言葉も失った。短大のピアノ科を卒業し、ピアニストとして歩み始めたところだった。

いろんな病院に行った。ある大きな病院では「7歳の知能です」とまで言われたが、その悔しさを表現できなかった。

医療ミスから5年後、埼玉県の国立リハビリテーションセンターの医師たちが左手のひとさし指の機能だけが残っていることを発見した。

その日から1本の指のリハビリが始まった。

明子さんはパソコンのキーボードを打てるようになった。家族も、友人も、この5年間の彼女の気持ち、思い、叫びを初めて知った。

明子さんは、4年前に『ひとさし指から奏でるしあわせ』を上梓した。桂さんは今年の2月、同時に2冊の詩集を出した。

本を開くと著者に会えた気持ちになる。活字は「活きている字」だと改めて思った。

これからは本を開く前に、「よろしくお願いします」と、著者にあいさつして開くことにしよう。やっぱり著者の思いと通じたいから。

5　この人たちは日本人の誇りです

世の中には、ツイッターとかフェイスブックをしている人としていない人がいる。していない人に話を聞くと、「やってる時間がない」という人が大半である。確かに時間が取られるというデメリットはあるが、メリットのほうが大きいと思っている人がやっているのだろう。

そこで今週は、していない人のためにフェイスブックで見つけたこんな話を紹介しよう。

2013年3月、野球の世界一を決めるワールド・ベースボール・クラシック(WBC)が日本で開催された。この大会で日本は過去2年連続、王者の座をつかんでいる。

今年の日本代表チームはラウンド戦で五つのチームと戦って勝ち上がったが、準決勝でプエルトリコに敗れた。そのことはメディアを通して知っていた。

また、ラウンド戦で台湾のチームと戦ったことも知っていた。台湾の野球は日本植民地時代に伝えられ、日本人が台湾野球の発展に力を尽くしてきたことも知っていた。

しかし、3月8日の台湾戦でこんなことが起きていたなんて、知らなかった。

試合は台湾が勝っていた。台湾の選手にとって日本のプロ野球選手は目標であり、WBCで日本に勝つことは夢だった。

ところが、勝利目前の9回2アウト、その土壇場でまさかの逆転劇となった。

勝利を逃して落胆しているはずの台湾ナインだが、試合後、彼らはマウンドに集まり、円陣を組んだ。そしてスタンドの日本人観客に向かって深々と頭を下げた。

一体何が起きたのか。

実は、試合の2日前、一人の日本人がツイッターにこうつぶやいていた。

「8日の台湾戦を見に行かれる方、先般の東日本大震災への台湾からの多大な支援のお礼のプラカードをお願いします」

そう、先の震災で台湾は世界最多となる200億円を超える義援金と400トンを超える援助物資を送ってくれた。さらに震災の翌日には世界のどこよりも早く救助隊を派遣してくれた。

「そんな台湾にお礼をしよう」というツイッターでの呼びかけに多くの日本人が応えた。東京ドームのスタンドには台湾に感謝するメッセージが書かれたプラカードや台湾国旗が溢れた。

そんなツイッターのことなど知らない台湾の選手たちは試合が始まって驚いた。試合を生中継する台湾のテレビカメラは、スタンドの映像を台湾全土に流した。試合は、日本と台湾の友好を深める名試合となった。

そのフェイスブックには次のようなことが書かれてあった。

「日本にとっては台湾に感謝を伝え、台湾にとっては野球を教えてくれた日本と世界の舞台で戦える最高のステージとなった。およそ1世紀という時間をかけ、必死に追いかけてきた『背中』を越えようとする台湾と、その前に立ちはだかる日本。その名勝負は夜23時半を超えても決着がつかず、いつしか敵と味方という立場も超えて、球場を一つにし、東京ドームにはウェーブが起こった。

そして迎えた9回表、1点を追う日本は2アウトから同点に追いつき、延長10回表、ついに逆転…。しかし、これで物語は終わらなかった。

歓喜に沸く日本選手の後ろで、ベンチを飛び出した台湾の選手たち。彼らはマウンドに向かい、360度、輪になるとスタンドの全方向に深々と一礼をしたのだ。その謙虚な姿に観客から惜しみない拍手が贈られた。

日本の地上波では放送されなかったシーンだ。

『礼には礼で応える』。そうやって互いにリスペクトする関係が築けた。あの日、私達はそんな幸せな光景を目の当たりにした」

一方、ネット上には台湾に感謝するプラカードを持った日本人の写真が数多くアップされている。その一つにこんなコメントが書き込まれていた。

「この人たちは日本人の誇りです」

6　桜の花に手を合わせて

本格的な春の到来を告げるように南のほうから桜前線が日本列島を北上していく。と同時に、それぞれの地域に住む人たちの心を桜の花は和ませてくれる。

重松清著『さくら地蔵』がラジオの朗読番組で流れたのは先々週のことだった。名もないお地蔵さまにまつわる物語である。こんな内容だった。

3月中旬のこと。今度、小学校に上がる美奈ちゃんが母親に連れられて通学路の下見をしていた。美奈ちゃんは、少し先の道ばたにたたずむ小さな古びたお地蔵さまを見つけた。

母親は言った。「今度から学校に行くときと帰るとき、お地蔵さまにあいさつするのよ。きちんとあいさつしていると交通事故に遭わないから」

親子はお地蔵さまに近づいて驚いた。桜の花びらがまるで座布団のようにお地蔵さまの足元に敷き詰められていたのだ。その町の桜の開花は半月以上も先だ。「なんで桜の花びらがこんなにたくさんあるんだろう」、母親は不思議に思った。

お地蔵さまは「さくら地蔵」と呼ばれていた。30年ほど前からその町にあった。交通事故で子どもを亡くした親が建立したのではないかといわれているが、それが誰なのか誰も知らない。

毎年春になると、お地蔵さまは桜の花びらで飾られた。いつしか長距離トラックのドライバーの間で、桜の花びらをお供えしてお参りすると交通事故に遭わないという噂が流れるようになった。

幼い子どもを持つお父さんドライバーはみんなゲンを担いで、桜の季節になると仕事先で開花した桜の花びらを拾い、持って帰ってきて「さくら地蔵」に供えて祈る。事故を起こさないように。子どもたちを悲しませないように。

毎年2月、沖縄に行ったドライバーが拾ってくるヒガンザクラから始まり、広島、静岡、山梨、千葉、群馬、一旦西に戻って春の遅い金沢、長野、そして東北、最後は旭川のヤマザクラで春が終わる。

桜前線がその町を通り過ぎた後でも、「さくら地蔵」のところだけは全国各地の桜で華やいでいる。

「さくら地蔵」の物語には長年、長距離トラックのドライバーをしていたナベさんが登場する。毎年、お参りを欠かしたことがないナベさん、もう桜の季節が終わろうとしているのにまだお参りをしていない。今年は桜ではなく、別のものを供えようとしていた。それは一人娘の出産の報告だ。

30年前、路線バスの運転手だったナベさんは、この場所で長男の隆太君を交通事故で亡くした。小学校入学直前だった。あのお地蔵さまを建立したのはナベさんだったのだ。

娘の出産の連絡を受け、ナベさんはお地蔵さまに行き、手を合わせた。
「隆太、お前の甥っ子が生まれたよ。守ってやってくれ」

そこに小学生になった美奈ちゃんが学校帰りに立ち寄った。ランドセルから取り出した筆箱にピンク色の花びらがぎっしり…。色紙を指で小さくちぎったものだった。桜の花びらがなくなったお地蔵さまの足元にそれを敷きながら、毎日学校の行き帰りにお地蔵さまにあいさつしていることをナベさんに言った。

ナベさんは涙を堪えてつぶやいた。
「隆太、よかったなぁ」――

『さくら地蔵』は、重松清さんの短編集『ツバメ記念日~季節風 春』の中の一編だ。小説だが、桜には日本人を元気にしてくれる不思議な力があるように思う。

俳人の黛まどかさんが岩手県の被災地を訪れたときに詠んだ歌を思い出した。

昨年の4月半ば、黛さんは被災地で歌を詠むというボランティア活動をしていた。ちょうど桜の時期だった。

岩手県の岩泉町に入った日、小学校の校庭に桜の木を見つけた。津波に飲み込まれたのだろう、痛々しい枝ぶりだった。しかし、根はしっかり張っていた。その枝に黛さんは、懸命に花びらを広げた満開の桜を見つけた。

それを見て思った、「きっと復興する」と。そのとき詠んだ歌がこれだ!

満開の桜に明日を疑はず

この句を避難所で紹介した。80を優に過ぎているであろう一人の老婆が黛さんに近づいて言った。

「私はこの年になってすべてを失いました。一時は絶望の淵にいました。でもこの一句で急に希望の光が差しました」

7 「学校ごっこ」、しませんか？

放送作家の永六輔さんは、仲良しだった作曲家の中村八大さん、作家の有吉佐和子さんと一緒に、海外の日本人学校を慰問して特別授業をするというボランティアをやっていた。中村さんも有吉さんも、そして永さんの奥さんも、日本人学校出身ということで、当人でなければわからない苦労や寂しさがあり、そんな中で頑張っている子どもたちを励まそうという趣旨だった。

プロの教師ではない3人は、先生の真似ごとをするということで、そのプロジェクトを「学校ごっこ」と呼んでいた。

その趣旨に共感した日本航空は、3人を無料《ただ》で現地まで運んでいたそうだ。彼らの「特別授業」は文科省の指導要領とは異なるユニークな国語であったり、音楽であったり、理科や社会であったりした。

たとえば、永さん流の「国語の授業」。

「木」偏の漢字を教える。「木は1本で『木』です。木が二つ並ぶと『林』です。三つ重なると『森』です。では『杜』は何と読みますか?」

「そう、『もり』です。では、同じ『もり』でも『森』と『杜』はどう違うのでしょうか?」

「森」はたくさんの木がこんもりと生い茂っているところで、「杜」は「鎮守の杜」というように神様が祀られているところです、と説明する。

そして、「松」「桃」「柿」「桂」「杉」「梅」…と続き、「楓」の話になる。

「これは『かえで』と読みますが、ピアノやヴァイオリン、チェロ、ベースなどの管弦楽器はこの楓の木で作ります。どんな木よりも一番いい音が響くからです」

そうすると八大さんがピアノを弾く。別の先生がヴァイオリンを弾く。突然音楽の時間になる。子どもたちは「これが楓の音の響きなんだ」と感じる。

「柏」という漢字を教えるときは、「なぜ5月5日の端午の節句のとき、かしわ餅を供えるのか」という話になる。

柏の木の古い葉っぱは、若い葉っぱが大きくなるまで落ちない。つまり、若い葉っぱが大きくなるのを見届けてから散るということで、「君たちが大きくなるまでお父さんお母さんはしっかり頑張りますという気持ちが込められているのです」と、道徳の授業になる。

あらゆる樹木は「木」偏であるという話をすると、子どもが質問する。

「竹はどうして『木』偏ではないんですか?」

待ってましたとばかりに永さんは答える。

「竹は木ではなく、多年生の草なんです。でも、とても草には見えませんね。だから木でも草でもなく竹という新しい種類になっちゃったんです。

だから漢字には『木』偏、『草』冠と同じように『竹』冠という部首があるんです」

この話をすると「桐」の漢字まで話が進む。

「桐も本当は多年生の草なんですよ。でも木と同じように桐でタンスを作ったりします。木と同じ働きをするので『木』偏に『同じ』って書くんです」

こんな話をするから、今まで漢字が苦手だった子どもたちの目も輝き始める。

幼少期の子どもは元気に遊んでいるだけで親には微笑ましく思える。

しかし、小学校に上がると、子どもたちの生活空間に「遊び」とは別の「勉強」が参入してくる。親が「遊んでばかりいないで勉強しなさい」と口をすっぱくして言ったり、先生が「教室は遊ぶところじゃなく、勉強するところだ」と言うように、「遊び」と「勉強」は「楽しいもの」と「つまらないもの」、「したいこと」と「しなければいけないもの」、「やり過ぎると怒られるものとしないと怒られるもの」など、相反するものになってしまう。

永さんは戦時中、小学4年から6年まで学童疎開をしていた。楽しく学ぶ環境ではなかった。よくいじめられていた。

そんな中で永さんが日々ワクワクさせていたのは母親からもらった辞書だった。辞書を引くと面白い世界が眼前に広がった。

「母」という字を引いたら、「両親のうち男でないほう」と書かれてあって、笑った。

面白いから辞書を引いた。面白いから漢字を覚えた。勉強することは遊ぶことと同じ、ワクワク感があった。

遊びと勉強は対立するものではなかったのだ。遊びの中に学びがあり、勉強の中に遊び心がある。だから「学校ごっこ」は子どもたちの目を輝かせるのだ。

8 まず感性を、その次に知性を

空港の売店をぶらぶらしていたら、一冊の週刊誌の表紙のコピーが目にとまった。

「特集～勉強はできるのに仕事はできない人の研究」。

東大卒のエリート社員のエピソードがいろいろ紹介されていた。


大手銀行の支店での話。

「支店の営業目標まであと3000万円、頑張ろう！」と盛り上がっていたら、東大卒の支店長が「ま、ウチが達成したところで全体では20億円足りないんだよね」と一言。

「オマエ、それを言うか」という感じで、その場はシラけてしまった。

ある広告代理店の中間管理職の男性も東大卒。部下に新しい広告のデザイン案をいつも自慢げに見せてくる。

その部下はいつも「いいですね」と褒めるのだが、「たまには率直な感想を言ってあげよう」と思い、ある日、「ここの色は変ですね」と言ったら、突然豹変して怒り出した。

彼は常に褒められていないと駄目らしい。

マイクロソフト日本法人元社長、成毛眞《なるけまこと》さんのコメントがあった。

「僕が社長時代、東大卒はたくさんいたけど、部長以上は一人もいなかった。与えられた仕事は出来るけど、新しいことを考えることには向いていないんだ」

東大の安冨歩教授のコメントもあった。

「明治維新から1970年代までは欧米の模倣でよかった。その時代はエリートも大いに役に立った。ところが80年代以降は何か面白いことや変わったことを思いつく能力が必要になった。しかしお勉強エリートにはそれが出来ない」

もちろん個人差はあるだろうが、こんな特集が企画されるくらいだから、これに該当する人は増えているのだろう。

ちょっと気になるのが「ゆとり教育」が導入された80年代に小学生だった人たちだ。「ゆとり教育」はそれまでの詰め込み教育を見直して、もっとのびのびとした教育を、ということで始まったものだが、やっぱり学力低下を危惧した親たちは依然として小さい時期から学習塾に我が子を送り込むなど、教育熱は冷めていなかった。

先週、久留米市で開催された「和ごころ塾」で、日本外科学会名誉会長、井口潔先生が、生物学的な視点から江戸時代の教育の素晴らしさを話された。

井口先生の話によると、人間はまず「ヒト」として生まれてくる。健常児であれば身体は100％完成しているが、脳はチンパンジーとほとんど変わらない。

その後、「ヒト」は教育によって「人間」になる。教育をしなかったら何歳になっても「ヒト」のままだという。

そして、0歳から10歳くらいまで子どもに必要な教育が感性の教育だと井口先生は言う。この時期に道徳心や真善美を理屈なしに教えなければならない。

そして、次の10歳から20歳までに必要なのが知性の教育で、それによって人間は「社会人」になっていくのだそうだ。

人間の脳はこの順番で発展するようにできている。だから感性が育っていないのに知性教育を前倒しして、理論、理屈で考える脳が先に出来てしまうと、場の空気が読めなかったり、思いやりが欠如していたり、「法律に違反していなければ問題ないでしょ」みたいな考え方をする人間になっていくというのだ。

「とにかく覚えろ」「駄目なものは駄目」「意味はそのうち分かる」と、江戸時代の幼少期の教育は意味を教えなかった。

「あいさつをしろ」「靴を揃えろ」「食事の前には手を合わせろ」などと道徳を詰め込んで感性脳を育てた。

そのことによって人格が形成された。

もし、順番を間違えて青年期から道徳教育をすると、それは、処世術になってしまうという。

昔は「ヒト」から「人間」、そして「社会人」に育てることが自然に出来ていたと思う。今は子育てにおいても様々な情報に振り回される環境にある。そんな中、それぞれの親の価値観で子どもを育てるのではなく、生物学的に子どもの脳はこう育てなければならない、という視点に深く考えさせられた。

井口先生は今年93歳（2014年）。パソコンのデータをリモコン操作しながら、理論的に、そして情熱的に話された。説得力があった。

9　聞こえない声に耳を澄ませて

夜空がきれいな季節になった。ちょっぴり冷たい夜風に吹かれながら空を見上げると、聞こえてくるはずのない音や声が聞こえてくるそうだ。そんな話を以前聴いたことがある。

歌人の小島ゆかりさんが「耳を澄ます」ということについて話された。「耳を澄ます」、なんて素敵な日本語なのだろう。今聞こえている音や声のことではない。聞こえてくるはずのない音や声を聴くために、昔の人は「耳を澄ませた」のだ。

小島さんの娘さんがまだ中学2年生だった頃、夏休みの自由研究で石の研究をしたそうだ。多摩川の川原へ行って、20個ほど石を採集してきた。図書館で図鑑を広げて一個一個、石の名前を調べ、ラベルを貼って標本にした。

夏休みが終わり、標本が返ってきた。娘さんは信じられない行動をした。ラベルが貼られた石をそのままごみ箱にザザッと捨てたのだ。

それを見た小島さんは悲しい気持ちになった。

「あんなに一生懸命石のことを調べていたのは結局宿題だったからなのか。私はこの子に一番大事なことを教えてこなかった…」と。

小島さんは、ごみ箱から石を拾って箱に戻し、居間に飾った。14歳の娘さん、ちょっぴり反抗期だったのか、それを見ても何も言わなかった。

しばらく時間が流れた。ある日、娘さんが言った。

「この石にはね、雲母が混じっていたんだよ」

「ここに小さい葉っぱの化石があるでしょ。それを見つけたのは私だけだったんだよ」

それに答えるように小島さんは言った。「多摩川に返しに行こうか?」

娘さんは石を拾った場所をよく覚えていた。「この石はこの辺で拾ったんだよ」「この石はこの辺だった」

しばらく多摩川で時間を過ごした後、小島さんが「さぁ帰ろうか」と言うと、娘さんは川原を振り返り、戻した石に向かってこう言った。

「さよなら〜」

小島さんは胸が熱くなった。ついこの間までごみ同然だった石に、愛情のようなものが芽生えている。母として嬉しかった。「きっと娘は石と話ができたのだ」と小島さんは思った。

小島さんはその昔、予備校の講師をしていた。忘れられない浪人生がいた。彼は、いわゆるいい高校を出て、いい大学を目指していた。

しかし、人生に迷っていたのだろう。親に反抗するかのように授業に出てこないで、アルバイトをしてはゲームセンターに入り浸っていた。

ある日、三者面談の光景を見た。親御さんと担当の先生が真剣に話している横で、彼はそっぽを向いていた。その態度が許せなく、小島さんは彼に手紙を書いた。

「どんなに頭が良くても、そんなに心を閉ざしていたら幸せになれないよ。そんな人のところには誰も寄ってこないよ」

ひと月ほど経った頃、彼は授業に出てきた。ノートを取るわけでもなく、ぶすっとして教室の隅に座っていた。授業が終わったとき、彼は意外な行動に出た。小島さんに近寄って来てこう言ったのだ。

「先生、俺、やっぱりちゃんと勉強するよ」

「えっ？　親孝行になったの？」

「親なんて関係ねぇよ。この間、バイトの帰りにすごくデッカイ満月を見たんだ。あんなデッカイ満月を見たのは生まれて初めてだった。あれを見て急に心が変わったんだ」

そして言った。

「先生もたまには月でも見ねぇと、つまんねぇおばさんになっちゃうぞ」

小島さんは思った。

「彼は間違いなく人生に迷っていた。心がグラグラしていた。そんなとき、月を見上げた。そのとき彼は耳を澄ませていた。だから月の声が聞こえたんだろう」と。

彼は、翌年の春、志望校に合格して予備校を卒業していった。

たまには月を眺めましょう、つまらないおじさん、おばさんにならないように。

10　当たり前のことをちょっと疑ってみる

先月、山口県の曹洞宗の僧侶、藤田和彦さんの話を聴いた。

10年ほど前、藤田さんはテレビで時のナントカ大臣が、とある小学校を視察しているニュースを見ていた。

一人の児童がその大臣に「何のために勉強するんですか？」と質問していた。大臣は「う～ん、難しい質問だなぁ。おじさんにも分からないよ」と答えた。

確かに唐突にそう問われても、短い言葉で小学生に分かりやすく説明するのは容易ではないだろう。

ある日、藤田さんは小学2年生の娘さんの宿題に付き合うことになった。子どもが道徳の教科書を声を上げて読む。それを横で聞いてあげるのだ。

娘さんが読み始めたのは、詩人まど・みちおさんの『朝がくると』という詩だった。抜粋して紹介させていただく。

~朝がくると　とび起きて
ぼくが作ったものでもない　水道で顔をあらうと
ぼくが作ったものでもない　洋服をきて
ぼくが作ったものでもない　ごはんをむしゃむしゃたべる
それから　ぼくが作ったものでもない　本やノートを
ぼくが作ったものでもない　ランドセルにつめて背中にしょって
たったか　たったか　でかけていく

ああ　なんのために

いまに　おとなになったら　ぼくだって　ぼくだって
なにかを　作ることが　できるように　なるために〜

藤田さんは言う。「これを聞いたとき、目からウロコが落ちる音が聞こえた」

なるほど、「何のために勉強するのか」と問い掛ける子どもたちに、この詩は大きなヒントを与えるに違いない。

では、なぜ学校に行かねばならないのか。勉強なら自分のやりたいことを好きなところでやればいいではないか。

その答えが最近読んだ佐久間勝彦著『学びつづける教師に』の中にあった。ノーベル賞作家・大江健三郎さんの話である。大江さんの長男・光さんには知的な障がいがあった。光さんは音に非常に敏感な少年だった。7歳になって小学校の特殊学級に入学した。

ある日、大江さんは息子の教室を覗いた。光さんは両手で耳をふさいで、体を固くして過ごしていた。大江さんは思った。

「光はなぜ学校に行かねばならないのか。障がいは一生治らないのだ。野鳥の声を聞き分け、鳥の名前を親に教えるのが好きなのだから、自然の中で親子3人、暮らせばいいではないか」

しばらくして光さんは、自分と同じように騒がしい音を嫌う生徒を教室の中に見つけた。光さんはその子に寄り添うようになった。休み時間には一緒に耳をふさいだ。運動能力が自分より低いその子のためにトイレに付き添ってあげるようになった。

「自分が友達のために役立っている。それまで母に頼って過ごしてきた彼にとって『新鮮な喜び』として感じられたのだろう」と佐久間さんは綴っている。

その後、光さんは音楽と出会い、13歳のときから作曲をはじめ、作曲家になっていくのだが、その音楽のことを大江さんは《言葉》と表現している。

「光にとって音楽は…自分が社会につながっていくための、一番役に立つ言葉です。国語も理科も算数も体育も、自分をしっかり理解し、他の人たちとつながってゆくための言葉です。そのことを習うために、いつの世の中でも子供は学校へ行くのだ、と私は思います」と。

勉強するのは当たり前、学校に行くのも当たり前、多くの人はそう思っているが、その当たり前のことをちょっと疑ってみると、実に奥深い言葉に出合える。

11　昨日の自分を越えるだけでいい

こんな面白いお父さんがいた。

彼は、全国を飛び回って仕事をしているので、1年のうち3日以上家にいたことがない。

そんな生活が10年以上も続いている。

でも毎晩、仕事先から2人の息子に電話をした。

「お父ちゃん、今日はどこ?」

「今日は宮崎や。分かるか?」

電話の横に日本地図が貼ってあった。2人は宮崎を探し、そこにピンを挿す。これを毎日続けた。小学1年生になる頃には長男は47都道府県と県庁所在地の名前を覚えた。

また、それぞれの土地の名産品も覚えた。お土産がその土地の名産品だったからだ。

2人ともゲーム感覚で覚えていった。


2年前、年末年始に初めて10日間、休みが取れた。

子ども達は小学6年生と5年生になっていた。

「どっか遊びに連れていったるわ」と誘ったら喜んでついてきた。

「どこに行くの?」

「ま、黙ってお父ちゃんについてこい」

自宅がある三重県から3人は電車に乗った。着いたのは名古屋駅。大都会に出てきて2人は大喜び。さらに新幹線に乗り換えた。

「どこに行くの?」

「ま、黙ってついてこい」

東京に着いた。２人はびっくりした。また電車を乗り換え、羽田空港で降りた。飛行機に乗ると知って、またまたびっくり。ひと眠りした後、子どもたちは信じられない光景を目の当たりにした。

そこはロサンゼルス空港だった。

本場のディズニーランドに行った。２日間通して遊べる「パスポート」を買い、「高かったんや。絶対に無くすなよ」と言い聞かせて２人を自由にした。

十数分後、２人が戻ってきた。顔面蒼白だった。「お父ちゃん、パスポート、無くした」こういう時は怒っても仕方がない。「自分たちで何とかせい。あそこに行って泣いて状況を説明してこい」と、カスタマーセンターに行かせた。

１時間後、２人は満面の笑顔で戻ってきた。「パスポート」を無くしたこと、無くしたことが分ったらお父ちゃんからボコボコにされることを泣きながら身振り手振りで説明したら、お客さんまで集まり、人だかりができたそうだ。

よほど同情されたのだろう。2人はパスポートを再発行してもらい、その上、並ばなくてもアトラクションに乗れる「ファストパス」までもらってきた。

ここから2人は変わった。度胸が付き、積極的に誰にでも身振り手振りで話し掛けるようになった。何よりもアメリカ人が大好きになった。

街にショッピングに出た日、お父さんはある計画を実行した。街の中で子どもらを迷子にしてみよう、と。お父さんはスーッといなくなった。

夕方、お父さんがホテルに帰ると、カフェで息子たちが楽しそうにパフェを食べていた。「よう帰ってこれたなぁ」と聞くと、「お父ちゃん、遊び疲れたぁ」と言った2人の顔は輝いていた。

お父さんとはぐれた後、2人は持っていたお金でレストランに入り、身振り手振りで注文し、お店の人と仲良くなり、事情を説明してホテルの場所を聞いた。

でもまだ時間があったので遊園地の場所を教えてもらい、そこで思いっきり遊んでホテルに帰ってきて、持っていた最後のお金を使ってパフェを食べていたというのである。

「今度は友だちと来たい。僕が案内をする。だから英語を勉強したい」

2人は中学生になった。英語の成績だけは断トツにいいそうだ。

先週、ニートの若者を集めて農業生産法人「㈱耕せにっぽん」を主宰している中村文昭さんの子育て話に引き込まれた。

中村さん曰く、「誰かに勝つことなんか必要じゃない。昨日の自分を超えるだけでいいんや。毎日ジグソーパズルのピースを1個はめるようなもんや。ピースって、その凹み（欠点）は誰かが埋めてくれる。出っぱり（長所）は誰かの役に立つ。やり続けるといつかパズルは完成する。そうやって人は成長し、社会は平和になる。だからピースなんや」

こんな「背中」を持った大人が、必要だ。

12　一冊の本、一本のペンから

『ターミネーター』は、30年ほど前に公開されたハリウッドのSF映画である。

近未来。人類が英知を結集して作った人工知能ロボット「スカイネット」が、人類に反旗を翻し、世界中のロボットに人間を攻撃するよう命令する。

スカイネットの頭脳も、ロボットのパワーも、人間のそれをはるかに超えていた。

人類はもはや絶滅の危機を迎えていた。

そこにジョン・コナーという指導者が現れた。彼は「スカイネット」との戦い方を知っていた。彼の出現により、戦況は人間の側が優位に転じていく。

脅威を感じた「スカイネット」は、殺人ロボット「ターミネーター」を20年前の過去へタイムスリップさせる。ジョン・コナーの母親であるサラ・コナーを殺害することで、ジョンの誕生を阻止しようというのだ。

結末を言ってしまうと、ターミネーターは任務を全うできず、サラは男の子を出産する。ジョン・コナーは生まれたのだ。

7年後、『ターミネーター2』が公開された。前作の続きである。

『2』ではジョン・コナーは10歳になっていた。この子が将来、大人になって自分たちを攻撃してくることを知っている「スカイネット」は、再びターミネーターをその時代にタイムスリップさせる。ジョンが大人になる前に殺害し、歴史から抹消しようというのである。

なぜこの話をしたのかと言うと、先月の12日（2013年）、16歳のマララというパキスタンの少女が国連本部で歴史に残る名演説をした。

そのニュースを見たとき、『ターミネーター』を思い出した。

マララは、昨年10月、スクールバスに乗って帰宅途中、武装した複数の男から銃撃を受けた。銃弾は少女の頭部を突き抜け、顎と首の間にまで達していた。その直後、パキスタン国内のタリバン武装勢力（ＴＴＰ）が犯行声明を出した。

実は、マララは11歳の頃から命を狙われていた。理由は、彼女が、女の子への教育の権利をブログで訴えていたからだ。

マララはペンネームで、女子教育を禁止したり、女子校を破壊するＴＴＰの活動を批判していた。それが欧米社会で話題となり、パキスタン政府はＴＴＰへの弾圧を強め、同時に、マララを「勇気ある少女」として表彰した。

その時、政府は彼女の実名を公表した。皮肉なことに、そのことで彼女はＴＴＰから命を狙われる標的になった。

そこでこんなことを想像してみた。

２０３３年、36歳のマララは、世界的に影響力のある政治家になっている。彼女の活躍により、ＴＴＰなどの武装勢力は一掃されつつある。危機感を感じたＴＴＰ幹部は20年前の過去にテロリストを送り込んで、マララの暗殺を企てた。


さて、当のマララは、一時は瀕死の重傷だったが、二度の手術を経て奇跡的に回復。

7月12日、16歳の誕生日のその日、武装勢力に暗殺された同国のブット元首相のピンクのショールを身にまとって国連本部に姿を現した。

動画サイトでご覧になった人もいるだろう。子どもらしいあどけない顔立ちながら、その見事な演説に世界各国の要人たちは喝采を贈った。

以下、心に響いた彼女の言葉。


「タリバンは私の額の左側を銃で撃ちました。私の友人も撃たれました。…テロリストたちは私たちの目的を変更させ、志を阻止しようと考えたのでしょう。しかし、私の人生で変わったものは何一つありません。次のものを除いて、です。私の中で弱さ、恐怖、絶望が死に、強さ、力、そして勇気が生まれました」

「タリバンへの個人的な復讐心から、ここでスピーチをしているのではありません。ここで話している目的は、すべての子どもたちに教育が与えられる権利をはっきりと主張することにあります」

「今もなお何百万人もの人たちが無学に苦しめられ、何百万人もの子どもたちが学校に行っていないことを忘れないでください。…本を手に取り、ペンを握りましょう。それが私たちにとってもっとも強力な武器なのです」

終章

～ライスワークから
ライフワークの時代へ～

働くってどういうこと?

同世代の友人・知人の子どもさんが社会人になる年頃になった。

子どもの話題になったとき、最近ちょっと気になり始めたのが、せっかく就職できたのに最初の職場を2、3年で辞め、とりあえずアルバイトをして働いている子がとても多いということだ。

「仕事が忙し過ぎて休みがない」「職場の人間関係が嫌で」「仕事がきつくなってきて」など、いろいろ理由はあるようだ。

生きるためにがむしゃらに働かなければならなかった祖父母の世代や、働くことで豊かな生活を手に入れ、それが家族を守ることだと信じてきた親世代の価値観とは大きく何かが違う。

「しもやん」の愛称で、５０００人以上の人たちに「一筆入魂」というメルマガを発信している下川浩二さんは、生活の糧を得るために働くことを「ライスワーク」と呼んでいる。

かつて、ほとんどの日本人の働き方は「ライスワーク」だった。しかし、21世紀になってもまだ「ライスワーク」の考え方で働いていると、前述したような理由で簡単に退職してしまう。

もしかしたら、今の学校教育の中に「働くとはどういうことなのか」という考え方が抜け落ちているのではないだろうか。

多摩大学教授、田坂広志さんの『仕事の思想』に、こんなエピソードがある。

田坂さんには、ジャズをこよなく愛する友人がいた。学生時代は、「ジャズの道で生きていきたい」とまで思っていた。

しかし、卒業と当時に彼は商社に就職した。卒業式の後、彼は田坂さんにこう話した。

「これからは、会社で働く俺がジャズを愛するもう一人の俺を食わせていくんだ」

食うための仕事と、やりがいのある趣味を区別し、仕事は趣味を支えるためにあると、彼は考えていた。

3年後、田坂さんは彼と再会した。ジャズの話を酒の肴に語り合った。別れ際に「仕事の調子はどう?」と聞いた。彼は言った。「困ったことに仕事が面白くなってきてしまった」

それから7年後、2人は再会した。彼は10年選手の商社マンになっていた。彼の口からこんな言葉が出てきた。

「最近になってようやく仕事が見えてきた。やりたい仕事ができるようになってきた」

酒を飲み交わす2人の間にジャズの話は出てこなかった。

さらに5年の歳月が流れた。中堅のビジネスマンになっていた彼が何気なくこう言った。

「仕事って心を込めてやれば何でも面白いよ」

それからさらに10年が過ぎた。50の声を聞く年齢になっていた。田坂さんの目には、商社マンという仕事を天職のように思っている、脂の乗り切った旧友の姿が映った。

仕事をすれば必ず「報酬」がある。最初は給料だ。それを生活の糧にしていく。

しかし、「ライスワーク」が目的になっていたら、本当の仕事の喜びは見えない。

田坂さんの友人は「仕事が面白くなってきた」と話していた。

下川さんはその段階を「ライクワーク」と呼んでいる。即ち、好きなことを仕事にできればいいが、それができなければ今の仕事を好きになることである。好きなことをやっていくとどんどん力が付いてくる。

その時、仕事の報酬は「能力の向上」になる。

さらに心を込めていけば、好きな仕事は人生を掛けてもいいと思える仕事、即ち「ライフワーク」になる。

下川さん曰く、「ライフワークを極めていくと、多くの人に喜びを与え、社会に光を当てられるようになっていきます。

その仕事を『ライトワーク』といいます」

私たちが到達すべき仕事とは、まさに「ライトワーク」なのではないか。田坂さんに言わせると、「その時の仕事の報酬は人間としての成長である」

今、若い子たちが親や祖父母世代とは違う働き方をしようとしている。

なのに、「ライスワーク」から脱却する考え方がうまく伝えられていないように思う。

問題は仕事そのものではなく、仕事に対する考え方なのである。

あとがき

いかがでしたか？

この本には「教科書に載せたい新聞の社説」というサブタイトルを付けました。

僕は、子どもの頃、国語の授業がとても退屈でした。偉い教育者や頭のいい編集者が一生懸命作った教科書だったと思うのですが、国語の教科書を読んで心が揺さぶれたことはありませんでした。

ところが、高校を卒業して30年以上たった今、わが子の使っている国語の教科書を読む機会がありました。

面白かったです。時には涙が出るような題材もありました。

なーんだ、教科書って面白かったんだ。さすが国語の専門家が作っただけのことはあると思いました。

しかしそれは、その専門家の年齢に僕が近づいたからで、人生経験をそれなりに積み重ねた人間が読めば、国語の教科書って面白く読めるのかもしれません。

問題は、国語の面白さが子どもの心に届いてないことです。他の教科はともかく、国語というのは「教える」こと以上に、心を揺さぶって「感じる」感性を育てる授業だと思います

第3章、『「学校ごっこ」、しませんか？』（P176）という話にあったように、漢字ひとつにしても、「教える」というより、子どもの心をワクワクさせています。これができたらどの教科であれ、授業は大成功です。

教育の成果というのは、テストでいい点数を取ることでも、よりレベルの高い学校に進級することでもなく、卒業した後、先生がいなくなっても、自ら学び続ける力が付いたかどうかだと思います。そのために大事なことは、好奇心や意欲を刺激することです。

そして、そのためにもっと大事なことは、先生や子どもに直に接する大人が、どんだけ好奇心を持ち、どんだけ豊かな感性を持っているか、です。たとえば、この本を手にしたあなたが持っている好奇心と豊かな感性のように。

僕は、20余年、ひたすらいろんな人の講演会を取材してきました。ワクワクしている人の講演を聴くと、こっちまでワクワクします。ワクワクは伝染するのです。先生の心がワクワクしていると、子どもたちに伝染しないはずはありません。

いろんな講演会に出掛けてみませんか？　誘われたら素直について行ってみませんか？　そんな時間がない人は、「みやざき中央新聞」を読んでみましょう。毎週、あちこちで開催されたいろんなジャンルの講演がまとめられています。

というわけで、最後までお読みいただき、ありがとうございました。読後感を出版社、または「みやざき中央新聞」の編集部までお寄せいただけたら幸いです。

・みやざき中央新聞公式サイト　http://miya-chu.jp/

最後に、本の出版にあたり、多大なご協力をいただいた、ごま書房新社の池田雅行社長、編集担当の大熊賢太郎さん、ありがとうございました。

追伸　この本を、みやざき中央新聞の大ファンだった赤石美穂さん、みやざき中央新聞の愛知特派員だった宮部誠さん、30代で、小さなお子さんを残して、2014年、病のために天に召されたこの2人に、捧げます。

水谷もりひと

平成27年3月吉日

本書の“もと”になった新聞

口コミだけで全国から熱望される新聞があります。
「みやざき中央新聞」
読者数…1万7千人、感動で涙した人…1万7千人。

宮崎発夢未来～美しい郷土を子どもたちに
みやざき中央新聞
The Miyazaki Central Journal
昭和30年3月29日 第3種郵便物認可
10月4日(月)
2010年(平成22年)
2384号
発行 編集部 (有)宮崎中央新聞社
〒880-0911 宮崎県宮崎市田吉6207-3
Tel(0985)53-2600 Fax(0985)53-5800
毎週月曜日・月4回発行 1ヶ月1,050円(うち消費税50円・送料込み)
郵便振込口座 02060-3-7621
http://miya-chu.jp e-mail:info@miya-chu.jp

みやざき中央新聞は、宮崎というローカルなところから発信していますが、
宮崎の話題にとどまらず、各種講演会を取材して、面白かった話、感動した話、心温まった話、
ためになった話を、講師の方の許可をいただいて、掲載している新聞です。

●読者からの感動の声

・毎号こころゆさぶられる社説を鼻血を流しながら読んでいます(笑)。大阪市　男性

・内容が段々すばらしくなったために処分できず机の上に山となっています。
鹿児島県　男性

・実家にいるころからずっと読ませていただいています。
こんなに心に響く新聞を僕は他に知りませんでした。　東京都　男性(学生)

・届いたらなにより先に読ませて頂きます。必ず一つ自分なりに感心したことを店の方たちに報告するのが私の至福の時間です。　静岡県　女性(自営業)

・お風呂の中でお湯につかりながら読んでいます。一日の疲れを癒す一服の清涼剤のような読み物です。　愛知県　男性(政治家)

心のビタミン
みやざき中央新聞　宮崎発夢未来～美しい郷土を子供たちに

http://miya-chu.jp/

■みやざき中央新聞に興味のある方には見本紙をお贈りしています。見本紙は1ヵ月分(4回分)で、その後の購読の可・不可はご自由ですのでお気楽にお問い合わせください。

著者略歴

水谷　もりひと（水谷　謹人）

みやざき中央新聞編集長。宮崎学園短期大学人間文化学科非常勤講師。

1959年宮崎県生まれ。明治学院大学文学部卒。学生時代に月刊新聞「国際文化新聞」を創刊、初代編集長となる。卒業後宮崎に戻り、宮崎中央新聞社に入社。94年から編集長に。数々の講演を取材し、その熱い人柄から多くの著名人と親交を深める。

さらに、厚生労働省認定産業カウンセラー、子ども電話相談「チャイルドライン宮崎」理事などを務める。また、MRTラジオ「暮らしのレーダー」で男性学入門講座、同「みやざきTODAY」サンシャインFM「水谷謹人・時代を語る」を担当するなどメディアでも活躍。

講演は男女共同参画、人権啓発、子育て、高齢者の生きがいづくりなど、幅広いテーマで行っている。著書に『日本一心を揺るがす新聞の社説』『日本一心を揺るがす新聞の社説2』『この本読んで元気にならん人はおらんやろ』（全てごま書房新社）ほか多数。

●講演・執筆依頼
　みやざき中央新聞　http://miya-chu.jp/
※「フェイスブック」「ブログ」もホームページより更新中！

いま伝えたい！

子どもの心を揺るがす“すごい”人たち

著　者	水谷 もりひと
発行者	池田 雅行
発行所	株式会社 ごま書房新社 〒101-0031 東京都千代田区東神田1-5-5 マルキビル7F TEL 03-3865-8641（代） FAX 03-3865-8643
印刷・製本	倉敷印刷株式会社

ISBN978-4-341-08609-1 C0036

ごま書房新社の本

NHKラジオ／日経新聞／中日新聞などマスコミで続々紹介された
ベストセラー『日本一 心を揺るがす新聞の社説』の原点！

話題の本

宮崎中央新聞社
社長 **松田くるみ** 著

なぜ、宮崎の小さな新聞が世界中で読まれているのか

仕事を始める人に、仕事で悩む人に…
ヒントや勇気をくれる一冊！

本体価格：1250円＋税　四六判　244頁　ISBN978-4-341-08583-4　C0030

★『日本一心を揺るがす新聞の社説２』文中で紹介！

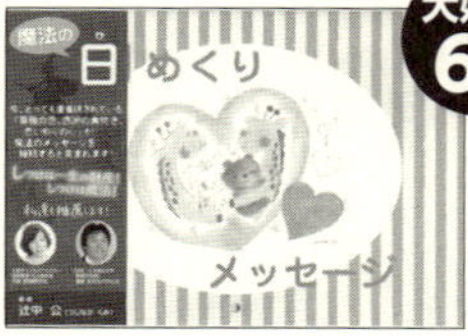

大好評 6刷

魔法の日めくりメッセージ

辻中《つじなか》　公《くみ》 著

お母さんたちから驚きの声続々！
「おとなしかった娘が日ごとに元気に、明るくなってきた」
「子どもに教えているつもりが、私の生活が一番変わっていました」

水谷もりひと氏 絶賛！

本体価格：1500円＋税　B5判　オールカラー62頁　ISBN978-4-341-13203-3　C0037